언니의 나라에선 누구도 시들지 않기 때문,
김희준 시집

문학동네시인선 146 김희준

언니의 나라에선 누구도 시들지 않기 때문,

시인의 말

올리브 동산에서 만나요

2020년 9월 10일
김희준

차례

2부 천진하게 떨어지는 아이는 무수한 천체가 되지

3부 지금 내가 그린 우리 가족처럼 말이야

4부 애인이 없어야 애인을 그리워할 수 있었다

1부

단지 여름이 실존했네

생경한 얼굴

따라와 바다를 지나면 골목이 나올 거야 왼쪽으로 돌거나 두 블록 먼저 꺾거나 아무튼 전등이 축축하게 켜질 때 첫번째로 보이는 여관 말이야 거기서 혼자가 아닌 우리였던 적이 있어 비린내 나는 이야기지만 바다가 고요해지고 달이 차오르면 낯선 냄새로 북적이는 그 동네 말이야 여관방 벽지에 낙엽이 말라가고 그리움이 천장까지 닿을 때 우리는 버석버석한 섹스를 나누었지 그날 우리는 시소를 탔어 갈망의 무게만큼 발돋움이 심했던가 나는 언제나 낮은 부분이라고 생각했는데 모르겠다 너는 발에 모래가 파인다고 투덜거렸지 돌아온 방안에서 우리는 양말을 뒤집어 조개를 찾거나 퇴적층 겹겹이 냄새를 말렸어 몰래 배가 부풀기를 기다렸던 것 같아 내 몸에 쌓이는 게 모래나 바다라면 잠든 네 발로 내 속을 파이게 만들었을 텐데 그랬다면 죽어도 울지 않는 태생 같은 건 몰랐을 텐데 전등이 꺼지기 전에 아무튼 돌아가거나 먼저 두 블록 꺾어 왼쪽으로 나오면 골목 보이지 그 수족관에 알을 낳는 거야 그리고 우리는 아침으로 알탕을 먹는다 입안에서 알이 터질 때마다 응앙응앙 소리가 들리는 건 비밀로 하자

악수

비의 근육을 잡느라 하루를 다 썼네 손아귀를 쥘수록 속도가 빨라졌네 빗방울에 공백이 있다면 그것은 위태로운 숨일 것이네 속도의 폭력 앞에 나는 무자비했네 얻어맞은 이마가 간지러웠네 간헐적인 평화였다는 셈이지 중력을 이기는 방식은 다양하네 그럴 땐 물구나무를 서거나 뉴턴을 유턴으로 잘못 읽어보기로 하네 사과나무가 내 위에서 머리를 털고 과육이 몸을 으깨는 상상을 하네 하필 딱따구리가 땅을 두드리네 딸을 잃은 날 추령터널 입구에 수천의 새가 날아와 내핵을 팠던 때가 있었네 새의 부리는 붉었네 바닥에 입을 넣어 울음을 보냈네 새가 물고 가버린 날이 빗소리로 저미는 시간이네 찰나의 반대는 이단(異端)일세 아삭, 절대적인 소리가 나는 방향에서 딸의 좌표가 연결되는 중이네 물구나무를 서서 세상을 들어올리는 내가 있네 빗줄기를 잡느라 손은 손톱자국으로 환했네 물집이 터졌으나 손금에는 물도 집도 없었네 단지 여름이 실존했네

아르케의 잠

이 태생을 묻습니다 고대 도시에서 길어온 우물이 미끄럽습니다 활엽수는 계절과 어울리는 뼈를 가졌습니다 무릎을 깨물자 평면적인 비가 내렸습니다 빗줄기가 원형을 유지한다는 말이 둥글다는 건지 뾰족하다는 건지 남의 말을 빌리지 않고는 해석할 수 없습니다 그러므로 나의 남이 이쯤에서 걸어와도 좋겠습니다 구름이 지퍼를 열어 비를 쏟아낸다거나 여닫는 소리에 천둥 치는 일이 상서로운 낡은 도시 하늘이 남색과 가깝다거나 남쪽의 농도와 닮아서가 아닙니다 우물에 비친 나의 남과 남을 그리는 탈레스 근원을 찾기 위해 납작한 비린내를 읽어온 세 명의 남이 존재한다는 이유라고 해둘까요 기원전에 사라진 색이 산사나무 숲에 쌓여갑니다 활엽수가 근육부터 말라가는 계절에는 땅을 펼치기로 합니다 그곳에는 멸종된 밤을 입은 당나귀가 튀어나옵니다 오랜 잠을 걸친 짐승은 축축한 숨을 맡을 수 있습니다 세 명의 탈레스는 눈동자를 비워두었습니다 우물 앞에서 한 차례 폭우와 천측의 구도를 잽니다 차오른 고대 도시에 최초의 행성을 담급니다 비로소 남의 태생을 묻지 않았으면 합니다

인류도감

며칠째 불이 내렸다 밤은 천문학을 잃고 프로메테우스가 늙은 책을 읽었다 책갈피에 끼워둔 장수풍뎅이가 폐쇄적으로 말라가고 그 옆에 누운 나는 쪽수를 덮었다 화상을 입은 것이 코카서스산맥이었는지 예언이었는지 책을 열어두지 않았으므로 시대가 지나가지 못했다 건널 수 없는 계시는 삼키기로 했다 몸이 식을 때까지 누가 나를 기다려줄까 그럴 땐 몇 장의 시간을 덮고 오지 않을 누군가를 기다리기로 했다 구체적인 얼굴이 페이지에 겹쳐질 동안 불은 내리고 나는 찾지 않는 참언이 될 뿐이었다 떨어진 불과 별은 사라지는 일이 잦아서 항아리에 담아두기로 했다 불꽃은 그림자가 없었고 그림자가 없는 것은 구워지기 적합했다 밤을 상실한 별은 그늘에서 적당하게 굳어갔다 밀랍으로 쌓여가는 하늘에서 판도라가 녹아내리고 있었다 성층 안에는 사라진 시대와 잃어버린 섬이 화석이 되는 중이었다 영장류는 불이 그치지 않아 울었고 나는 어디에도 속하지 못했다 겉도는 내 심장을 멸종된 밤이 밝힐 때 프로메테우스가 책을 모두 읽는다 빚어낸 불씨와 몇 장의 난세는 인간으로 태어나고 있었다

요르문간드의 띠

이따금 뱀이 꿈에 나옵니다
실뱀이고요 의인화할 만한 형체가 없습니다
꼬리를 물 수 있을 정도로 긴 뱀이 선명합니다
거대한 허물은 배경으로 남습니다
그럴 때마다 어머니는 어머니를 낳고
나는 상자를 낳습니다
다섯번째와 여섯번째 마디로 교미하는 지렁이는 쾌락일 뿐
번식하지 못합니다
깨고 나면 사라질 잠깐의 기억과 동의어입니다
자신을 집어삼키면서 정자를 뿜거나
동시에 한 달에 한 번 뜨거운 태양을 배출할 수 있습니다
뱀은 나를 헤집습니다
척추의 능선이 관능적으로 다가옵니다
질척한 체액을 뿌릴 때 이따금 꿈을 꿨다 생각합니다
속옷에 손을 넣고
오래전 잘라버린 내 정체성을 더듬습니다
광활한 흉터 몇 개와 바늘자국이 실뱀처럼 꿈틀거립니다
잠의 잔상에서 심한 풍랑을 일으킨 것이 뱀인지 나인지
벗어놓은 허물이 사람 가죽인지
초점이 흐릿한 꿈의 끝에서 나는 꼬리를 입에 문 뱀처럼
나를 연결합니다
내 속을 찢자 우글대는 뱀 수십 마리가 튀어나옵니다
뱀을 가르면 독에 젖은 내가 있습니다

태몽집

어머니 엎드려보세요 세상은 내가 껴안을 수 없는 것으로 가득합니다 황금 나무가 꿀을 품고 천장까지 자랄 것입니다 가지를 타는 흰 뱀은 환생을 꾀하고 거북이는 백사장 가득 알을 낳겠지요 중력에 눌린 명치가 무겁습니다 엎드린 잠은 딸꾹질과 통증을 유발합니다 그보다 더한 숨이 가쁜 금붕어가 유리 어항에 있습니다 색색의 꼬리가 물결무늬로 펴지고 물결무늬는 단어를 완성시킵니다 돌아서는 몸짓이 쉼표를 만드는군요 벌어진 곡선에서 잉어가 튀어나옵니다 금이 간 것은 어항입니까 침실입니까 엄청난 속력으로 죽음에 다가가본 적 있으신가요 젊은 피를 수혈 받은 실험 쥐가 그러하고 황금 나무 꿀을 받아먹는 입술이 그러하고 끝없는 흰 뱀의 허물이 그러합니다 허울 없는 50번의 생일에서 어머니가 껴안은 것은 무엇입니까 지천명에 다다를 동안 품은 혁명 하나 없다고 우울하십니까 그럴 땐 손을 벌려 바닥에 엎드리세요 손아귀에 힘을 주고 백사장을 안아보세요 수천의 새끼가 알에서 부화하는 중일 겁니다 온몸에 털이 가득나 있던 어머니의 첫울음이 그 몸짓과 비슷하지 않겠습니까

새벽에 관한 몽상

며칠째 태양이 발광을 멈췄다 TV에선 인공태양을 만들자 혹은 전구를 달고 태어날 수 있게 유전자조합을 하자 토론이 진행되었다 공약으로 하나같이 태양을 걸었으나 표백된 정오는 서늘했다 쓸모가 없어진 태양은 뒷골목에서 얼마의 값으로 팔렸다 한편에선 고래가 집단 자살을 했다 단속반이 동네를 헤집자 불법으로 키우던 인어를 하수구에 버렸다 비린내 나는 죽음이었다 해돋이를 편집한 영상이 세계 박스오피스를 기록했다 그야말로 발광이었다 인류에게 새로운 진화와 종교가 생겨났다 그것을 '검은 태양의 아이'로 명명했다 이들은 캄캄한 피부였지만 성기가 야광이었다 집단 난교를 즐기는 이 무리에서 태어난 다음 세대는 온몸이 빛났다 빛을 두른 자는 모이거나 포옹하거나 특별한 특징을 가졌다 수만 명의 세대는 손을 잡고 원을 돌았다 중력을 밟고 하늘로 올라가는 동그라미, 분리되지 못한 내일이 눈을 깜박이자 원은 한꺼번에 사라졌다

다음날 지구에 존재하는 나머지 생물이 중얼거렸다

아침.

캔자스의 산타

녹슨 화덕에서 장작을 태웠소 아몬드 나무가 저녁과 함께 타오르오 식탁에는 떨어진 열매와 꽃잎이 보이오 냄새를 풍기는 곳마다 거리의 아이들이 창틀에 매달렸소 무엇을 구울지 고민하는 건 마녀의 형식이오 어떤 명분을 태우고 싶어 덜 마른 나무를 꺼내는지 말하지 않겠소만 확실한 건 불길이 치솟을 때 물기도 터진다는 것이오 도로시는 트리를 치우지 않았고 아이들이 까맣게 물들고 있었소 이런 날 양말 속 구멍은 촘촘해지고 그 구멍으로 소원이 빠지오 그것은 몸에서 자라는 나무를 무턱대고 잘라내는 기분이오 거리를 떠도는 아이들이 대평원에서 회오리바람을 기다리오 빈 심장을 가진 그들의 양말을 걸어주기로 하오 주머니에는 아몬드가 늙어가고 양말마다 묘목을 심었소 회오리바람이 밀어닥친 날 도시가 통째 사라졌소 도시의 죽음은 관능적이었소 도로시가 이끄는 마차에 아이들이 올라탔소 우리 사이에는 아직 넘기지 못한 페이지와 리본과 아몬드 나무가 있었소

프로크루스테스의 침대

오전에 만난 비평가는 강도였다 덩치 큰 구제 바바리를 입고 제 이론과 맞지 않으면 발을 잘랐다 기어이 도착한 광장엔 바람이 몸에 생채기를 냈다 마조히즘 성향을 가진 신예술가 무리가 알몸으로 날았다 저 미치광이를 위해 길을 트세요 무릎이 까진 뒤에야 단편소설 한 편 써냈다 후져, 손목이 잘렸다 동전을 던지는 비둘기가 외발이었다

도시는 자폐를 앓았다 버려지는 동안에도 번식하는 비둘기, 알몸으로 알을 낳는 비둘기는 기형으로 날았다 구르는 알은 깨지는 때가 많아서 잘린 손목으로 달력을 넘기려면 잘린 요일을 봐야 해

수요일의 단면은 축축해서 무엇을 잃는 쪽도 썩 나쁘지 않았다 시대를 반영하지 않은 계몽주의자가 되는 일 따위로 알을 단단하게 만들었다 오후엔 문장이 절룩거렸다

왜?

누군가 물었을 때 그러므로 엇비슷한 성향이라 대답했다 구걸하는 일이 특별하지 못했다 착란과 착오로 스미는 바람을 이해하지 못했다는 거다 쪽수를 매길 수 없었다는 거다

낯선 요일은 제목으로 의미를 부여했다 껍질을 벗기든 스

와핑을 하든 타당성이 잠든 곳에서 오독으로 점철된 바람이
날더러 강도라 했다

가자

떠미는 몸은 이리저리, 이미저리(imagery)

하지만 그러므로

망가진다 단지 읽어낼 수 있는 건 문양뿐이다 삐걱거리는 순간 방의 조직이 괴사한다

열어둔 통조림에서 이국의 햇빛이 쏟아진다 알루미늄 뚜껑에 생이 베인다 달콤한 피가 고인다

내 무덤은 깡통에 있을 거야 문은 열어도 문이거든

환풍기로 잘리는 바람이 물컹하다 높아지는 천장에서 뭘 하면 좋을까 잘린 바람이 머릿속을 헤맨다 몇 구의 사체가 곁에 눕는다

단물을 뱉자 햇빛이 목에 걸린다 동굴은 퍼지는 것을 오래 잡아둔다 이국의 태양과 절름거리는 바람이 다음 세기까지 머무를 것이다

파인애플 진액이 팔꿈치로 흐른다 낮은 곳에서 더 낮은 곳으로 나를 저미는 순간 태양이 몸을 푼다

밀고와 열고의 차이를 안다면 동굴을 빠져나오는 거야

문을 열지 않았던 건 유통기한이 지나서다 오래전 죽어버린 내 무덤을 열 수 없다 틈으로 보았던 것이 은밀하지도 뜨

겁지도 않다는 뜻이다

무덤을 뒤집는다 쏟아진 문양을 삼킨다 부러진 수레국화와 흩어지는 아열대기후 그해 여름과 두 개의 초승달 노르트하우젠에서 멈춰버린 시계와 시간을 뭉치는 사람들

그들을 문지른다 바스러지는 이름을 가진 아름다운 것들 손가락으로 누른 것이 당신이었는지 나였는지 알 필요가 없다

구름 포비아에 감염된 태양과 잠들지 않는 티볼리 공원, 그러나 하나 빼고 완벽한 목마

여름이 오기 전에 헤어져

목마를 길들이는 일에 한 계절이 지났다 서커스단이 훔쳐간 태양이 안데르센 천막으로 팔렸다는 소문이 돌았다 공중으로 산란하는 바람

초원을 달리는 소년과 태엽에 감긴 소년은 어디로 갔을까

바람개비가 예보 없이 쏟아진다 찢긴 구름은 흰 목마가 된다 여름의 단면에서 쏙독새가 태어난다

오르골을 열면 구름을 타고 날아오르는 소년

관람차에선 낡고 경쾌한 방식으로 말이 달리고

높은 곳을 무서워하는 새에게 긴 막대를 줘야지

프로펠러 프로펠러, 쏙독새가 말을 배우는 곳에서 소년이 알을 품는다 목마를 포란하는 밤이 스스로 회전한다

소년은 밤의 활동을 해독하는 사람

여름이 지나간 방향으로 분실된 천문학이 기록된다

거꾸로 돌리는 거야

계절의 안쪽에서 소년은 소년이 된다

안부를 물을 수 없다 그리하여 구름이 고장난 나침반과 떠났다는 말은 믿지 않기로 한다

소년이 회전목마를 탄다

어지럽지 않니?

음각된 정오가 구석에서 파기된다 이미 그해 여름이 지났다는 소문을 들었다

한차례 바람개비가 내린다

바람의 태엽을 달고 태어난 목마가 초원으로 향하고 있었다

기호학자의 하루

아니오

부정문으로 여는 아침이 싱그럽소 나비의 날갯짓이 서정으로 깃들고 모든 형체는 도형으로 그려지오 일련의 숫자로 표시되는 표정과 감정은 좌표의 꼭짓점에서 연결되오 우리가 쓴 얼굴이 어느 지점에서 만나는지 정확한 계산은 필요치 않소

누가 죽었는지 알기는 하오? 그러니 흰옷 입지 마시오 한 구의 변사체가 나왔을 때 달려가던 애인은 애인의 애인이거나 전 애인이거나 숨겼던 부등호가 기우뚱하오 조의금 대신 축의금 봉투를 내민 건 영정사진이 비었다는 걸 알기 전이었소

그렇소만 물에서 건져낸 사체를 두고 싸우는 애인들이 기괴했소 대칭을 이루지 않는 것은 참을 수 없소 웃음과 울음이 일그러짐으로 공유하는 사이란 걸 나비는 완벽한 구도로 난다는 걸 알아차리는 데 그리 오래 걸리지 않았소

얼굴에 중심축을 그리오 애인은 소리지르오 도무지 나는 상종 못할 애인을 가졌소 비어버린 액자에 표정과 감정을 연결하오 면과 표리의 구별이 참으로 없는 모양새요

몸에 낙서를 한 채 물에 들어갔소 문장이 퍼지는 시간 살갗에 저미는 촉의 떨림이 악필이라는 걸 알아차렸소 좌표의 성질에 대해 나와 애인의 계통에 대해 골몰하였소

회전하는 하수구에서 축을 연결하는 건 부정문과 기호와 나비라고, 뒤를 돌자 수천 개의 도형이 있었소

애인이 울었던 것 같소

사기(史記)꾼

팔지 않겠습니다

은퇴한 별이 너머에서 잠들고 몇 세기 밤이 광물로 굳어졌다네 이런 밤엔 무엇도 되고 싶지 않네 먹에 끼인 구름을 피해서 계절은 도래하더군 벼루를 껍질 삼았다는 말일세 적어도 글 같은 모양새로 걷지 않겠나 발가락으로 글이 써진다면 그까짓 변신이 두렵겠나

토막 난 성기는 폐허와 같아 거세된 문장이 동굴을 밝히면 나는 어둠이 된다네 어둠은 그대로 검정이어서 어떤 걸 넣어도 좋다네 캄캄하게 물드는 것이 손뿐이겠나 헤집은 곳마다 내가 튀어나오더군 가끔은 피카이아가 잡히기도 했지 그럴 땐 그것이 고전적 유물론자인지 고대의 투명한 저녁인지 알 길이 없었다네

아무렴, 나는 팔지 않을 작정이네 동굴에는 척추로 생을 쓰는 내가 있었을 뿐이네 실존을 부끄러워하는 까닭은 어둠을 읽어내지 못한다는 말일세 여기 모두 맹인이 되었다는 뜻이네

부딪히는 시대에 등이 부서졌네 틈으로 누가 나와도 놀라지 말게 공(孔)의 제자일 테니 벽화에 붙은 붓을 보게나 남아서 기록이 된 것인지 살아서 내가 된 것인지 학설로 여기

기엔 애처로운 등을 가졌지 뭔가

천장을 볼 수 없는 이유를 후생에서 찾기로 하지 이를테면 달의 척삭을 밟고 너머를 봤다든가 유배당한 별이 잠드는 방향에 대해서 말이네

두루마리 서에 접힌 내가 어떤 것도 팔지 않을 때 어둠은 정설로 남았으면 하네

종의 기원

어귀는 어떻습니까

강을 낀 마을은 부드러운 척추를 가졌습니다 느티나무가 기형으로 빼곡하고 당신은 말캉한 걸음으로 저곳을 생각합니다

하늘이 괘선으로 어그러지는 동안 계절은 겁의 껍질을 벗습니다 눈을 씻을 때 당신을 당신으로 이해해도 좋겠습니다

열대야의 실수로 구름이 제 살갗을 벗길 수 있겠군요

태양의 잘린 단면이 강가에 쌓여갑니다 달궈진 온도가 찰나, 물결이 되기도 합니다 딱딱한 물은 순종적인 편입니다 투명한 성정을 가진 강이 세 번 울었습니다 당신은 일곱 번 씻기로 합니다 그리고 스물한 명의 꼽추가 태어납니다 축축하게 빚어진 꼽추는 서로를 쓰다듬습니다 변형된 체액은 아수라를 깨우고 번식된 서적이 느티나무가 됩니다 기이한 필체에 줄을 긋습니다

친애하는 마라케크, 스물한 명의 나를 팔기로 했네 꼽추는 일곱 개의 강과 세 번의 여름을 읽었네

튀어나온 문장의 뼈를 짚습니다 마디마디 이상한 세계가

나타납니다 강에게 눈을 줘버린 어머니와 둥근 근육을 가진 아들은 어귀를 버립니다 강은 매일이 새것입니다 마을이 뱉어낸 경계 앞에서 저곳은 저곳일 뿐입니다

어느 시대에도 팔리지 않는 꼽추가 단단한 강 아래 아침을 잘라냅니다 낡은 허물을 벗어둔 태양이 새롭게 뜨는 미증유

서쪽에서 백팔 번의 종이 울립니다

2부

천진하게 떨어지는 아이는 무수한 천체가 되지

머메이드 구름을 읽어내는 방식

나는 반인족
안데르센의 공간에서 태어난 거지

오빠는 속눈썹이 가지런했다 컨테이너 박스를 잠그면 매일 같은 책을 집었다 모서리가 닳아 꼭 소가 새끼를 핥은 모양이었다 동화가 백지라는 걸 알았을 땐 목소리를 외운 뒤였다 내 머리칼을 혀로 넘겨주었다는 것도

내 하반신이 인간이라는 문장
너 알고 있으면서 그날의 구름을 오독했던 거야

동화가 달랐다 나는 오빠의 방식이 무서웠다 인어는 풍성한 머릿결이 아니라고 아가미로 숨을 쉬었기에 키스를 못한 거라고 그리하여 비극이라고

네가 하늘을 달린다
팽팽한 바람으로

구름은 구름이 숨쉬는 것의 지문으로 이루어진다는 것, 누워서 구름의 생김새에 대해 생각하다가 노을이 하혈하는 것을 보았다 오빠는 그 시간대 새를 좋아했다 날개가 색을 입잖아, 말하는 얼굴이 오묘한 자국을 냈다

사라지는 건 없어
밤으로 스며드는 것들이 짙어가기 때문일 뿐

오빠에게 오빠의 책을 읽어준다 우리가 읽어냈던 구름을 베개에 넣으니 병실 속 꽃처럼 어울린다 영혼이 자라는 코마의 숲에서 알몸으로 뛰는 오빠는 언제나 입체적이다 책을 태우면서 연기는 헤엄치거나 달리거나 다분히 역동적으로 해석되고

젖은 몸을 말리지 않은 건 구름을 보면 떠오르는 책과 내 사람이 있어서라고

너의 숲에서 중얼거렸어

에덴의 호접몽

내 어미는 누굽니까 번식하지 않았는데 어떻게 존재합니까 나는 날개 달린 뱀입니까 찰나에 떨어진 능금 꽃입니까 성서는 오독입니다 압축된 문장에서 능금과 꽃이 분리되는 광경을 목격합니다 꿈이 천연색으로 물드는 건 이승과 저승의 구별법이라 여겨도 좋을까요

거울의 중간 지점을 꿈이라 해둡시다 전생이 껍질을 벗는 것은 거울에서 일어나는 일입니다 그리하여 나는 거울에서 자랍니다

물읍시다 나는 누구의 잠에 존재합니까 이렇게 오래 잠을 자도 괜찮습니까 잠의 프리즘에서 분산되는 나는 당신입니까 나를 길들이려는 당신은 나입니까

허락한다면 아내를 삼았으면 합니다 어쩌면 이전부터 나는 내 아내일지 모르겠군요 내가 나를 삼킬 때 아내는 환생합니다

자각자각 허기진 나를 먹습니다 행방이 묘연한 네펜데스를 찾아가는 한낮은 꿈꾸기 좋은 시간입니다 네펜데스는 식물처럼 사는 인간이야, 라고 말하니 말이 사라집니다 인류의 고향은 영원히 닫혔습니다

전생을 두드리는 것이 잎사귀의 파장 때문이라는 걸 알았습니다 후생이 성립될 동안 오래 잠을 자는 이유를 혼수상태라 여깁니다 식물인간이거나 코마 상태라거나 내가 아는 범주에 속했으면 합니다

부쩍 말이 많아진 뱀이 자기를 돌려달라 합니다 꿈은 한낱 꿈이라고 누군가 말하지 않았습니까 원초적 자연주의자가 되기로 결심한 날에 말입니다 번식하지 않은 나는 여전히 존재합니까

간단한 인사와 이름 정도는 알고 넘어갑시다 거울에 누워 있는 나를 꺼내겠습니다

나비야

제페토의 숲

거짓일까 바다가 격자무늬라는 말

고래의 내장에서 발견된 언어가 촘촘했다 아침을 발명한 목수는 창세기가 되었다 나무의 살을 살라 말을 배웠다

톱질된 태양이 오전으로 걸어왔다

가지 마, 나무가 되기 알맞은 날이다 움이 돋아나는 팔꿈치를 가진 인종은 초록을 가꾸는 일에 오늘을 허비했다 숲에는 짐승 한 마리 살지 않았다 산새가 궤도를 그리며 날았다

지상의 버뮤다는 어디일까
숲에서 나무의 언어를 체득한다

목수는 톱질에 능했다 떡갈나무가 소리지를 때 다른 계절이 숲으로 숨어들었다 떡갈나무 입장은 생각하지 않기로 했다 목수는 살목범(殺木犯)이었으므로

진짜일까 피노키오, 피노키오 떡갈나무 피노키오 개구쟁이 피노키오 피노키오, 피노키오 귀뚜라미 떡갈나무 요정은 피노키오를 도와주지요 삐걱삐걱삑삑삐걱삐걱삑삑삐걱삐걱삑삑 삐걱삐걱삑삑 개구쟁이 피노키오 나무 인형 피노

키오 피노키오 피노키오

숲으로 가게 해주세요

나무는 물기가 없었다 바람은 간지러운 휘파람이 되었다 빽빽하게 그린 나무의 결이 달랐다 동급생 사이에 전염된 그림, 면역 체계를 찾으려면 격자무늬를 수혈 받아야 한다

소리를 가져간 피노키오 숨이 언어인 피노키오 참말 하는 피노키오 떡갈나무 피노키오 삐걱삐걱 피노키오 진짜일까 피노키오 나무 인형 피노키오

모든 책이 은밀해졌을 때 나는 쫓겨났다
저 너머를 건너는 거짓말이 길어졌다

피노키오가 인간을 키운다 다각형 몸이 심해에 잠긴다 고래가 뒤척일 때 인간은 나무가 되었다 나무는 나를 읽어낸다

해체된 태양이 떠오르는 남쪽에서부터 창세기가 시작되고
나는 제자리걸음을 한다

사라진 숲의 버뮤다에 새들이 궤도를 바꿔 날았다

시집

나는 해체되는 중이었다 그렇다고 해체주의자는 아니고 건축에 일가견이 있는 것도 아니고 집이 어떻게 만들어졌는지 전혀 관심 없고 단지 거울을 오래 보는 일을 좋아했고 그러면서 처음 본 표정을 지었고 그러다가 옷을 하나씩 벗기 시작했고 거울 없이 볼 수 없는 곳을 뚫어져라 보는 것을 좋아할 뿐이었고

그럼에도 찾을 수 없는 부분은 거울을 맞대어보기로 했다 음부의 모양이나 등인지 허리인지 모르는 곳을 봤다 허벅지와 엉덩이 사이 살의 색깔을 볼 수 있었다 확인할 수 없는 추상명사 같은 건 거울이 세 개나 필요했다 하얀 것이라 예상했던 살이 생각보다 검었을 때 기분이 묘했던 것처럼 오래오래

오래, 그건 사실 내가 해체주의자가 아니면서 집을 다시 짓는 일보다 공을 들였다 그럴 때마다 나를 만든 어머니나 아버지 둘 중 하나는 죽어야 했다 둘 중 하나는 거울에 들어가야 했다 그건 침대에 묶이는 일보다 알약을 먹는 일보다 쉬웠다 그보다 찬물로 생기는 소름과 재채기를 참을 때 돋아나는 소름 중 무엇이 살을 더 괴롭게 하는지 알게 되었을 때 그걸 존재라고 배울 때, 즐거웠다 후기의 어머니와 아버지의 생식 구조에서 태어난 내 최초의 집이 시험관 자궁이라니 아버지의 어린 후처라는 생각을 벗어나지 못했다 직역

하자면 해방된 개체 혹은 해체된 소름이었다는 말

소름의 개수를 세다가 놓치고 만 것을 별무더기라 부르기로 했다 그러니까 내 몸엔 별무더기가 숨어 있는 거다 그맘때쯤 우리집에 장작이 묻혀 있다는 소문이 돌았는데 진원지가 거울이었으므로 속아주기로 했다 손이 해질 때까지 땅을 파다가 누워 있는 나를 발견했다 처음으로 거울을 깨버려야겠다는 충동이 들었다 조각난 거울에 조각난 내가 있었다 존재의 해체가 결국 밤하늘과 같은 허상이라는 말이 집을 슬프게 했다

나는 젖은 장작이었다 물기를 태울 때면 별똥별이 튀었다 불씨가 옆집으로 건너, 건너, 집으로, 타오르는 마을에서 사람은 기꺼이 장작이었다 새로운 별똥이 터질 때면 거울에선 본 적 없는 표정을 연습하곤 했다

전망이 어두웠다거나 껄끄러웠다는 건 아니다 나는 정말로 해체주의자가 아닌데 단지 집을 짓고 싶었을 뿐이다 공간도 여백도 없이 거울에 들어갈 수 있는 나를 보는 일에 하루를 허비하는 전신 거울로 된 집이 있긴 할까

발길 한 번에 무너질 집을 갖고 싶었다 조심스럽게 말을 걸 수 있는 다정한 집을 짓고 싶었다 장작계의 거장이 되고

싶었다 집에게 이름을 주고 싶었다 그리고 나를 영영 묻고 싶었다 우연한 문장과 계산적인 음(音)이 들어찬 내 집의 해설을 쓰고 싶었다

갈라지는 집과 해부되는 몸이 있다면 시멘트를 발라주어야겠다 해부실에 누운 표본이 되어야겠다 거울 좀 줘, 근육의 혈색에 골몰한다 끊어진 신경이 꿈틀거린다 내가 먼저 배를 갈랐는지 거울이 먼저 움직였는지 알 필요가 없다 그 안에 내가 있고 다정한 나의 집에 돋아나는 거울이 있다

얼마 동안 밤이 되는지 모르겠다 밤하늘은 어떤 방식으로 거울 바깥을 만지는지 습도가 피부에 닿을 때 가늠해보는 배경 돋아나는 소름 오돌토돌한 내면 내가 묻힌 곳이 집이었는지 지붕이었는지 거울이 한 말은 믿을 수 없다 장작이 묻혀 있다는 소문은 한동안 장자가 되기도 하는데 그를 태웠을 때 나비떼가 날았다는 얘기가 사실적으로 들려서

책 한 권에 담기는

거울

거울

해부된 내벽

오돌토돌한 건축

자음과 모음의 살 그리고 집단 성교

그 안에 담긴

나는 정말 해체주의자가 아니다

백색소음

형이 키우던 나비가 무질서하다 내 주근깨를 태양의 흑점이라 말하던 형, 나를 태양의 유전으로 읽어내던 형, 압정으로 혀를 뚫은 날 흉터를 핥아주던 밤에 말이야

배꼽에 클립을 꽂았던 걸로 기억해 살을 스치는 바늘은 단단한 연골이었지 연고와 굳은 피는 섞이지 못하고 몸에 밀착돼 있었어

정글짐은 살이 없어 철의 뼈를 짚고 꼭대기로 올라가면 누구보다 이른 계절을 맞이할 수 있는 거지 바람이 뚫어버린 흔적인지 바람을 뚫어버린 정글짐인지 나는 종종 헷갈려 녹슨 철이 누구의 진물인지도

휑한 구석으로 마디를 짚다가 삐끗하는 날이 있었지 태양에서 강렬한 주근깨가 폭발한 것이었지 숨어 있던 별들이 몰래 떨어지던 때 파인 몸으로 유성이 쏟아졌어 형은 물기 많은 별을 말려두었다가 가루로 내거나 남은 빛의 잔여물로 야광 별을 만들었지

해마다 생각나는 사람이 다르다고 했어 그럴 때마다 천박하게 몸에 구멍 내는 형, 철봉에 허리를 길게 빼고 배꼽을 드러내도 동네가 조용했지 가학적인 클립의 개수가 늘어가고 빽빽한 살점이 떨어져나갈 때 조금 울었던 것 같아

이따금 철창에 갇힌 나비를 풀어주려다 그 안에 갇혔지 형이 말라버릴까봐 꼭대기에서 현기증 나기만 기다렸어 나에게 별똥별이 몰락하지 않은 이유는 뭐였을까 동그랗게 말린 야광의 냄새가 나서였을까

형, 우리는 버려진 거였어 그림 형제의 일기를 훔쳐보던 형과 바늘로 찔러버리고 싶은 세상이라고 그날의 일기를 써내려가던 내가 그리고 정글짐 너머에서 나눈 혀가 녹슨 맛이 났던 건 그런 이유 때문,

가버려 형, 나비를 모조리 태워버릴 거야

인디고 비행

어젯밤에 우리 아빠가 다정하신 모습으로 크레파스를 사오셨다

다음날 학교에서 손등을 맞았다 도화지에 30장의 내가 크레파스를 든 채 울고 있었다

누구는 추상적으로 누구는 피상적으로 내 울음을 그렸다

오후가 사실적이었으나 내가 가진 색은 섞이지 못하는 고질병을 앓았다

나비와 아버지를 더이상 그릴 수 없었다 그들은 평면적이었으므로

마당에 핀 수국이 파랗게 컸다 크레파스가 색을 담아내려다 부러졌다

아버지 손은 파랑이었다 안방에는 바닷물이 출렁였고,

물의 혈관이 만져졌다 질감이 거칠다가 따뜻하다가 구도 없는 그림이 역동적일 수 있다고 생각했다

물의 언어를 이해한 자가 살갗을 만질 수 있다는데 뜻을

잘못 해석하여 호된 물질을 당했다

이른 아침에 떠난 파도는 중력이 없다 눈치 없는 게가 옆으로 저미는 바람을 맞다가

기울게 세상을 읽어낸다 나비가 입체적으로 바다를 향하고 있다

소행성09A87E의 행방

무능한 달을 오려낸다 밤하늘을 보는 건 우주를 마주하는 거라던 당신, 단칸방은 이미 열대야 서로가 내미는 머리를 부숴버리고 싶은 건 아버지가 개같아서야 그보다 못한 내가 귀를 만져주기로 한 날 아무래도 천장이 뚫렸으면 해

우리집을 아니? 색종이에 낙서를 하다 더이상 가위질할 것이 없으면 봐두었던 동네를 잘라버리려고 했지 이웃이 수군거리는 저 집이 우리집이었을 때 몇 바퀴 돌아 귀가하던 어린 날의 버릇을 가진 내가 사는 집 서로에게 등돌린 숨을 정의하자면 뻐근하다고

잘 때만 가벼워지는 몸을 모서리라 부르자 모서리는 균열을 만들지 밤이 터지면 불빛이 찌꺼기로 떨어져 그리고 달이 쓰레기봉투에 묶여 새벽을 기다리지 냄새나는 골목에선 내내 말렸던 샛길을 열고 손님이 다녀가지 그럴 땐 가구에 붙은 빨간딱지를 아버지 이마에 붙였어

그리고 우린 잠을 잤어 운명론자처럼 샛길에 떨어지는 달처럼 주인집에서 문을 두드려도 차압된 냉장고가 밤새 울어도 말이야

뻥 뚫린 하늘에서 별이 빛난다 반짝거리는 것 저 퇴폐와 순수를 오가는 이율배반적 행위 은하에서는 거대한 중력을

가진 행성이 약한 별을 빨아먹고 있었어

습하다

긁는다 사타구니를 벅벅 등을 벅벅 마른 다리에 큰 발을 가진 아버지의 실직을 모른 척한다

어두운 방 서로의 꼬리를 긁어주다가 내 꼬리는 언제 잘렸을까 근원을 더듬는 곳에서 파생하는 묵시록 파스를 붙이려 엉덩이 드러낸 아버지를 철썩 때리다가

후레자식이 된다 꼬리를 숨긴 채 하수구로 들어가는 아버지, 아늑한 방 한 칸 쥐가 새끼를 까고 야윈 울음이 모서리마다 생겨날 때 습관적으로 긁는다

쥐뿔도 없잖아요

이마에 월요일을 새긴다 꼬리를 밟다가 넘어진다 그리하여도 태생이 사족보행이었던 거라고 내 발이 자라 바닥을 잠식해도 아무도 찾지 않을 거라고

모든 것을 티내지 않기로 한다 절름거리는 10월은 눈감고 살기 적당한 계절 바람직한 날에 아버지는 아버지를 삼킨다 물기 빠진 아버지가 펴지질 않는다 척추를 휘감는 꼬리가 모태를 거스른다

얘야 등을 좀 긁어다오, 아버지가 게워내는 쥐는 금방 사

라진다 흔적을 남기는 건 꼬리와 꼬리에 달라붙은 나

팽창된 밤이 우글거린다 다 쓴 파스를 모서리에 붙인다 쾨쾨한 서로를 만진다 뿔이 난다면 좋겠어 저 밤을 다 찔러버리게

가로등에 빨린 어둠이 경쾌한 요일을 밝힌다 달력을 넘겨도 달리지 못하는 아버지 복기되지 않는 즐거운 심장

습습한 손가락으로 네 꼬리 내 꼬리 말이 아니구나 난 그게 어둠의 여백 같아요

아버지를 요약하자면 물먹은 습자지 손바닥만한 햇볕과 그림자처럼 길어지는 하루 캄캄한 곳의 내장 쳇바퀴에서 허기를 채운다 네 꼴 좀 봐라 습한 바닥에 붙은 저 꼬리 좀 봐라 마지막 실업 급여를 받고 네 달쯤 지난, 긴 꼬리에 여전히 목을 단, 키우던 햄스터가 제 새끼를 삼킨 지 오래

우린 병에 걸리기 적당한 성체를 가졌지 길어지기만 하는 것이 어둠뿐이 아니란다 습관이 얼마나 위험한지 아느냐

습습— 숨을 내쉴 때마다 길어지는 꼬리, 잘린 부분마다 긁어대는 끔찍한 반복

알비노 인간

페어뱅크스 산골짝에서 자랐어요
하얀 숲에선 잠들지 말아야지
입김에 갇힌 알래스카의 여름에는 더더욱
태양에게 선택받지 못한 족속은 일찍 계절을 앓았다

근사한 변명으로 얼룩진 DNA
한낮 너머에서 태어나는 새
숲을 지나는 태생이 위태롭다
멜라닌이 부족한 구름은 적당하게 성교하고
올바른 부피로 다시 부풀었다
그럴 때마다 엄마는
남의 집 지붕에 빨래를 널었다

새떼를 가둔 구름이 몸을 털면 엄마의 이불로 숨어드는 새
엄마를 기다리는 동안
먹구름의 문장으로 도래하는 불온한 살덩이
근친의 흔적을 하얀 숲의 기울기로 읽어내는 새는
그날의 일기를 구름에 적어두다가 색을 잃는다

색이 색을 버리고 내가 나를 버리고
문장이 하얀 몸을 닮아갈 때
먹구름이 살갗을 파고든다
알래스카로 떠난 새는 평생 죽을 곳을 찾는다는데

우리의 무덤은 속이 헐거운 지붕이거나
새의 깃털로 엮은 커튼이거나
엄마와 나는 서로를 핥으며 멜라닌을 채웠다

돌연변이가 돌연, 변이를 낳던 날
태양의 행방이 묘연했다
비가 내린다
젖은 거리에 날개를 움츠린 새떼가
알래스카로 걸음을 옮기는 중이다

소년기의 끝

잊어버렸니 누나야 나는 혼자에 병적인 걸

도망친 고아원으로 끌려갔던 건 놀이터가 앞에 있었기 때문이야

어제의 구름을 기억하는 곳은 거기밖에 없어

과열된 발바닥에 우리는 새로운 이름을 새겼지

누나야 왜 우리를 카르마라 믿었는지 모르겠어

반동은 낯선 것일수록 발을 심하게 구르고

무릎으로 다가오는 밤이 가벼워서 나는 흡수되고 싶었어

그럼 새아버지는 왜 우리 아랫도리를 벗겨놓았을까

운명을 섞으면 근친이 되는 것인지 묻고 싶어

우리의 근원이 그날 밤이었다고 누나야

결핍된 목소리가 바람을 끌어와 등을 만진다면

카르마를 세게 밀어줄게

미끄럼틀 아래에 벗어둔 정오의 한쪽

떠를 반복하는 그네의 궤도를 이탈할 때까지

쌍성이 된 우리에게서 나는 오래도록 반성(伴星)으로 돌고 있어

왼쪽으로 가는 므두셀라의 방주, 포도나무 둥지에 숨겨진 노아의 사육제

당신은 뭘 했지

40일째 비가 내린다 망가진 틀에서 먹구름이 내용을 새긴다 현상학을 앓는 여름은 여름의 구조를 밝히느라 오지 않는다 관측대에 오른 폭우가 몇 차례 실종을 동반할 때

태양을 죽이고 당신을 묻으러 가겠어

감추지 마

므두셀라의 예언과 길 잃은 별을 새장에 가둔 적 있다

가물거리는 빛이 가학적인 어둠을 내몬다 승선을 허락받은 이는 정결한 숨을 가졌다 인류는 식물처럼 번식한다

좋은 것만 기억하자

속삭이는 말이 새장에 갇힌다 돌아오지 않는 새와 절뚝거리는 빗방울을 생각한다

때때로 둥근 것은 언약이 된다

눈을 떠

무지개를 물어온 새가 상징으로 남을 때 스펙트럼으로 번지는 종언은 포도나무가 된다

여름은 구조를 잊는다 먹구름의 마지막과 처음을 감춘 채 폭우가 멈춘다

당신의 계몽된 심장이 포도나무에 열린다면 먹구름은 망가진 틀을 버리겠지

포도알에 새겨진 계시록을 삼킨다 심장을 쪼아먹는 새와 므두셀라의 알몸

노아의 피를 삼키는 당신이 왼쪽으로 기운다

왼쪽으로 그리고 왼쪽 너머 파멸로부터 벗어난 카니발이 둥지에 숨어 있다

열대야

시원한 피부를 가진 네가 신기루가 되던 날 우리는 키스를 했다 해방되지 못하는 계절의 밤을 벗어나자고

편백나무에 오른다 자두를 입에 넣어 하루를 버티는 날의 연속이지 가만히 있어도 성장 깊은 너는 종아리로 나이테의 생을 밟지

그럴 때마다 입에 넣은 자두가 어름어름 터지지 흘러내린 과즙이 턱을 적시자 더 높아지고 싶어 너는 말한 거야

나무 밑에는 자두 씨가 쌓이고 꼭대기에 심장이 자란다는 소문이 잎으로 퍼진다 앞뒤 혀를 세워 수런거리는 말이 거짓이라도 상관없어

커다란 나무에 너와 닮은 너와 너의 종아리가 달랑거리지 위에서 울리는 진동은 두근거림에 가깝고 저 멀리 심장이 뛴다 뭉텅이로 잘라도 돋아나는 근육이 마음을 수반할까

고민하지 마 너의 가슴을 가르고 섬유질로 이루어진 심장을 바느질하는 동안 근육을 한 점 떼어낸 건 빈자리에 타인의 감정이 들어가기 때문

편백나무에 구멍이 파인 건 그때였을까 나무는 너를 하나

씩 떨어뜨리지

밀려나는 표정이 밤에도 숨지 못한다 스며들지 못하고 번지는 이 감정을 어떻게 재우나 너의 종아리에 눕고 싶어 나는 사랑하고 넌 오랜 잠을 자겠지

구테 나흐트, 편백나무 숲을 나왔을 땐 6개월이 지난 뒤였어

7월 28일

아니래 자기야 내 귀에 비가 살고 패랭이꽃과 구상나무가 자라는 게

산타가 죽었다는 말을 들었어 그런 여름에 리키아로 떠나는 건 아니래

아무렴 몸에 새긴 날짜와 패랭이꽃이 입체적이었다는 뜻이 아니라는 거지

그러므로 허리 아래 사슴 문신에 새긴 녹각 있잖아 스스로를 찔러버리기도 한다는 말은 거짓이래

밀가루를 반죽하던 단칸방이 물렁해졌어 모서리만 보이는 네가 버겁다는 건 같은 말일까

단지 6개월 먼저 떠나온 곳이 너라거나 사라진 도시라거나 알고 싶은 게 아니었어 서로의 발톱을 깎아주다가 창밖으로 우리를 버리는 게 당연하다는 거지

털모자와 양말을 신었던 건 모서리가 아파서라 해석해도 좋겠어 뾰족한 말을 주고받다가 웃기도 했던가

그러니까 자기야 몸이 밀가루가 된다는 말 퍼진 햇살을

잡아둔 단칸방에 많은 어제가 살고 있다는 말이 아닌 거지

패랭이꽃이 그려진 식탁은 수제비를 먹기에 알맞은 곳 수제비를 먹으며 자기를 기다리는 일에 하루를 보내고 싶다는 말

어떤 말은 아니라고 할 때 이해되는 것이 있지 그럴 땐 달을 깎는 거야 창밖으로 서로를 던져버리는 거야

구상나무에 걸어둔 추상적인 부정문 말이야 샴쌍둥이의 생략은 얼마나 많은 걸 비워두고 있을까

어쨌거나 여름은 자기를 기다리는 일

아니래 자기야 트리에 무엇도 걸지 않는 게 좋겠어

환상통을 앓는 행성과 자발적으로 태어나는 다이달로스의 아이들

올리브 동산에서 만나자

태양의 궤도를 따라간다 북회귀선에서 손을 놓친 아이 블랙홀에 쓸려간 아이 극대기에 길을 잃지 않으려면 눈을 감아야 해

그날 손을 놓친 건 지구로부터 몸을 버리러 온 밤이었기 때문, 천진하게 떨어지는 아이는 무수한 천체가 되지 갈림길은 아이를 먹어치운다 사라지는 게 길이라면 해방된 아이를 묻지 않는 게 좋겠어

때때로 스펙트럼 행성에선 그리운 사람을 한평생 쓸 수 있는 이름이 내린다

편지 받았니?

국지성 문장이 쏟아진다 이마에 부딪히는 눅눅하고 달콤한 언어 이름은 아이가 되거나 아이들이 되었다

다정하게 내리는 것은 제철 햇볕을 닮아서이다 꺼내지 못한 말은 무지개에서 색을 내고 있었다

거짓말을 못하는구나

사탕 봉투에서 노란 앵무를 꺼내오렴

회귀선 구석에서 크레타섬이 말라간다 올리브 숲에선 한낮이 유괴되고

아이들은 어디에서 낡고 있을까

유기적으로 미로가 생긴다 미숙한 발음으로 새는 박애를 앓는다 열 달째 발육이 멈췄다 순간, 바람으로 재단되는 미궁

올리브 동산에서 만나자니까

어쩌면 궤도의 지름길을 알게 될 거야 태어나지 못한 아이가 사탕 봉투에 갇혀 있다 유산된 울음이 기운다

응 받았어 동봉한 노란 앵무도

생장하지 못한 아이는 애초에 없었다 셀 수 없는 밤과 하지 못한 인사를 기억했을 때

스펙트럼 행성이 쏟아진다

사원에서 가져온 날개를 꺼낸다 행성표류기에 적힌 고전적 얼룩을 읽을 수 있다면

올리브 동산으로 가자

구름이 행선지를 알려줄 거야

아이는 불가피한 귀결로 자란다 웜홀 웜홀

미로가 뒤틀린다 사탕을 깨물자 태양의 파장으로 스펙트럼이 터진다

3부

지금 내가 그린 우리 가족처럼 말이야

친애하는 언니

유채가 필 준비를 마쳤나봐 4월의 바람은 청록이었어 손가락으로 땅에 글씨를 썼던가 계절의 뼈를 그리는 중이라 했지 옷소매는 죽어버린 절기로 가득했고 빈틈으로 무엇을 키우는지 알 수 없었어 주머니에 넣은 꽃잎을 모른 체했던 건 언니의 나라에선 누구도 시들지 않기 때문,

박음질이 풀릴 때 알았지 실로 재봉된 마음이었다는 걸 의사는 누워 있으라 했지만 애초에 봄은 흐린 날로 머무는 때가 많았지 벚꽃과 유채가 엉킨 들판에 어린 엄마와 어린 언니가 있어 놀이기구가 안개 속에 숨어 있었던 거야 숨바꼭질을 좋아하던 언니가 이불과 옥상과 돌담 그리고 유채꽃과 산새와 먹구름 속으로 달려가는

한때 비가 내리고 물의 결대로 살 수 없다면 늙지 않은 그곳으로 가자 소매 안에 훔쳤던 벚나무에 대해 사과하는 밤, 나무의 탯줄이 보고 싶었다 뭉텅이로 발견되는 꽃의 사체를 쥘 때 알았던 거지 비어버린 자궁에 벚꽃이 피고 사라진 언니를 생각했어 비가 호수 속으로 파열하는 밤에 말이야 물속에 비친 것은 뭐였을까

언니가 떠난 나라에선 계절의 배를 가른다며? 애비가 누구냐니, 사생하는 문장으로 들어가 봄의 혈색을 가진 나를 만날 거야 떨어지는 비를 타고 소매로 들어간 것이 내 민낯

이었는지 알고 싶어

파문된 비의 언어가 언니에게서 나왔다는 걸 알기까지 얼마나 걸릴까?

상실의 피그말리온

붓값이 없어서 그랬어

반지하는 오후의 결이 불온한 곳이었다 햇살의 단면이 울퉁불퉁한 곳에서 머리를 자르다가 스스스 소리에 엄마가 달려왔다 머리칼을 훔치자 어정쩡한 울음이 터졌다 갈라진 벽으로 햇살이 스며들었다

얼굴은 마지막에 그리는 거야

새로 온 모델은 내가 좀 아는 여자였다 가운을 벗는 모양이 익숙했다 완만한 굴곡과 채도 높은 육체가 보였다 입술이 간지러웠다 토르소의 빈 젖을 빨다가 들켰던 미술 시간보다 더딘 벌을 받는 중이었다 그맘때쯤 선생님은 자주 엎드려줬다 흉상이 부서지는 상상을 하다가 붓을 놓쳤다 소리에 놀란 건 움츠러든 가운이 먼저였다

다시 들어가게 해줘 엄마

형광등에 어깨가 녹았다 석고로 만들어진 것이 분명한 피사체가 조명 앞에서 흘러내렸다 어디선가 유화 냄새가 났다 묽은 살결은 농도가 진했다 캔버스에 담지 못한 허벅지와 근원을 빠르게 스케치하는 중에 저 누드모델 너랑 닮았어, 옆에서 키득거렸다

넌 어디 가서 많이 맞을 상이야

내가 좀 아는 여자는 찢어지는 중이었다 수십 개의 동공과 날카로운 붓이 섬세했다 봉투를 쥐고 가버린 내가 좀 아는 여자가 담배와 함께 태워졌다 그 아줌마 골반 그리다가 괜히 꼴리더라

배꼽을 그리면서 그 안으로 돌아가고 싶었어 두꺼운 피부를 절개하던 순간 말이야

혈흔으로 흥건한 그림을 들고 나왔던 건 매끈한 석고상이었어 토르소 몇 점과 흉상을 던졌다 머리카락을 모두 밀어버렸다 반지하에 팔다리 없는 햇살이 퍼지고 있었다

연필

장면을 스케치한다는 건 문구점에서 연필을 슬쩍하는 것만큼 스릴 있다는 얘기지

가령 실직당한 아빠를 공원에서 마주칠 때의 동공이라거나 내가 사실 세탁소 아저씨의 딸이라 말하는 엄마의 성대라거나 길에서 여자에게 뺨을 맞는 오빠를 본다거나 그 여자와 같은 산부인과를 공유하는 언니가 비밀이라며 나에게 5백 원을 쥐여주는 사실을 연필로 그리는 순간들 말이야

둘러앉은 식탁에서 우리는 비어버린 가족과 허기진 소통을 나누어 먹지

그러면 나는 부러진 연필을 깎고 쓰다 만 일기에 동그라미를 그려넣었어 최대한 둥글게 색을 칠하고 완성된 일기를 북북 찢었지 기겁하는 엄마가 소리를 지른다

—엄마 우리는 콩가루야 삼류도 못 돼 바람 부는 날 콩처럼 굴러가버릴 거야 저 밑으로 더 밑으로 새파랗게 어린 년이 말 많다 하지 마 공부는 연필이 알아서 하거든 지금 내가 그린 우리 가족처럼 말이야

연필 밑으로 스케치된 풍경이 어그러지고 나는 연필을 깎고 닳은 연필을 보다가 문구점으로 향하지

오늘은 어떤 순간을 그려볼까 고민하며 연필을 슬쩍하는데 눈이 마주쳤어 그래서 말인데 문구점에서 전화가 와도 그 아줌마를 믿지 않았으면 해

유넌 스케치

손가락은 왜 길쭉한 몸을 선택했을까 플러그에 갇힌 일지를 작성중이야 구멍을 보면 찔러보고 싶은 추상성을 설명하지 못했지 전기회로에는 누군가가 뿌려놓은 과자 부스러기가 있었거든

수만 갈래 찢어진 하나의 길을 따라 H로 떠날래 빌어먹을 부모를 찾아 한 방 갈겨줄래 자유의 여신상에 찔려 죽어도 모를 양심과 코르크참나무로 뻔뻔한 낯짝을 패줄래 그리고 천국으로 가는 줄 알았던 첫 비행에 대해 원망할래

이불에 지도를 그리면 소젖 냄새 나는 여자가 종일 나를 굶겼다 이해할 수 없는 언어와 동정이 뺨을 치고 가는 날 비가 내렸다

빵 사이에 로스앤젤레스를 넣어 먹으며 나를 달랬다 어금니로 씹히는 도시와 비둘기 금발의 아이들 찌그러진 나라를 위장에 채웠다

저녁엔 함께 욕조에 앉았다 요거트를 피부에 붓는 열세 살짜리 마음을 설명해봐 그건 혼자 야광 별을 헤아리다 잠드는 일보다 비참하다 원인을 묻는다면 만화방에서 훔친 순정 때문이라고 둘러대는 게 좋겠다

외로움은 이마에서 빛난다 그건 돌연변이 같은 감정 웃는 낯으로 사라지는 빌어먹을 모국 왜 내가 돌아가는 길에 돌멩이를 던져주지 않은 거야 그랬다면 나보다 일찍 버림받은 아이가 나타나서 모든 길을 채갔을 텐데

요망한 남매 수만 갈래로 찢어져야 할 건 내가 아니라 헨젤과 그레텔이어야 했다 콘센트를 열고 머리카락을 끼운다 내 유년이 또다른 곳으로 입양되고 있다

방황하는 마틸다

첫 키스는 열 살, 사과가 목에 걸려 울었을 때 그녀가 혀로 조각을 꺼내주면서야 그게 아니라면 알코올중독자 친구 아버지 무릎에서였나

주인이 없는 책상과 의자는 어떻게 될까 방과후에 남겨진 책상이 오래 말을 하는 것을 보려고 기다렸어 아무도 찾지 않는 의자가 부식된 바람이 되는 것도 보았지

며칠 뒤 눈두덩에 멍든 채 학교에 왔어 전봇대에 부딪혔다고 웃는 개의 말을 믿어줘야 했지

집 나왔어 문구점에서 눈치를 보다가 은행놀이 세트의 가짜 돈을 훔치고 주인한테 머리를 맞았지 달리기가 빠른 아킬레스건을 훔쳐보았어

그해, 빵집에서 새어나왔던 여름 말이야 복숭아 타르트와 사과파이로 구워져야 하는 제철 과일에 대해 잡종으로 태어나게 해준 너의 아버지와 도망친 어머니의 이종교배를 말하느라 아플 때까지 턱을 벌렸던 것 같아

우리 사이에 당도하지 못한 혀가 있고 오거리에서 밤을 새우던 날은 과도에 밀린 과육 같았지

내가 껍질이어서 벗겨진 너는 거리를 헤맸지 가출팸은 신고식으로 두들겨맞아야 잠을 잘 수 있다며? 단발이 어울려서 고독한 마틸다, 누가 그런 밤을 사게 했니

바구니 아래에 있는 과일은 언제나 파과 파과 썩어 있어 우리가 먹어야 하는 건 흉터밖에 없는데 배태된 상징은 어디로 갔을까 네가 항공 점퍼를 입을 수밖에 없던 이유 같은

어서 짐 싸 마틸다, 내가 비행의 지름길을 알고 있거든

7월 7일

제자에게 청첩장을 받았다 그래 네가 이제? 2학년이요 치고 나오는 말에 고개를 든다

뭐 개랑 한다고?

녹음이 왕성하지 않다 무성한 그리움의 계절도 아니고 소름 돋는 초록은 더구나 아니다 벌만 징그럽게 살아나는 7월에 유통기한 지난 마요네즈를 먹고 응급실에 실려간다 기름과 내용물이 분리된 게 보였을 텐데요 젊은 의사에게 그럼 박하사탕인 척 나프탈렌이라도 먹고 올 걸 그랬나봐 빈정거린다

상대가 개라는 거지? 전에 애인이 키우던 개

그러니까 조약돌에 눈이 갔다 죽은 별의 사체였다 정부에서 어떻게 알고 찾아왔다 나는 훈장과 운석을 바꿨다 한동안 책장에 꽂아둔 『십팔사략』에서 십팔만 읽었다 7월을 어떻게 조져야 하는지 메모장에 18가지 방법으로 요약한다

금기된 사랑이라고 생각해주세요 아실 거라 믿어요

얘야 난 네 더운 입김에도 화가 나, 말 대신 달력에 동그라미를 치며 웃는다

○○○○○○○
○○○○○○○
○○○○○○○
○○○○○○○
○○○○○○○

완벽한 원형을 그린다 조금이라도 일그러지지 않기 위해 숨을 참는다 코에 땀이 맺힌다

양가 부모님 자리에 개가 앉아 있더라니까 게다가 애비는 보신탕집에 팔렸대

크래커를 씹다가 토기가 치민다 마요네즈를 뱉는다 예식장에서 나온다 개 냄새가 나 햇볕을 자르기 위해 가위를 산다 쩔룩거리며 동네를 돈다 아이들이 뒤를 따른다 자를 수 있는 그림자도 없이 나는 세상에서 혼자 오려지고 있다 시원한 박하라도 삼켜야겠다고 직녀라도 만나야겠다고

7월이 기승이었다

왔다 갔다

지우개로 몸을 지웠다 하루를 지우는 일보다 나를 지우는 일이 편했다 지우'개'는 어릴 적 유일하게 키울 수 있던 것이다 애완 콤플렉스가 있는 나는 모든 것을 사족보행 하게 만들면 좋겠다고 여겼다

개가 되기로 했다 엎드려서 보는 세상이 겸손해 보였다 나는 개새끼로 불렸다 발에 차이거나 목덜미를 보이는 날

외롭지 않게 눈을 그렸다 당신은 한여름에 캐럴을 들었다 쏟아지는 것은 때론 바닥에 기댄다는 뜻이었다 계절은 오는 동시에 떠나버린다

여름을 믿지 않는 당신

절기를 돌리기 위해 수많은 발을 그렸다 빠른 걸음으로 이른 계절을 보여주기로 했다 성급한 크리스마스 선물이었다

몸을 길게 그렸다 반인반충에 가까운 곤충의 다리

어스름을 밟는 고상한 종족 가벼워지기 위해 속을 비운다 옆구리를 뚫자 지우개 똥이 흐른다 뒤집어진 배가 수치스러웠다

지우개로 영영 발음되지 않는 당신을 지운다 남은 손도 지워버리기로 했다

8구역

순서가 틀렸어요

운동화 끈을 묶었다 저녁에 목을 맸던 아버지는 꿈에서 건물과 건물 사이를 달리고 있었다 질주할 때마다 구경꾼이 박수를 쳤다 죽을 땐 아무도 없는 저수지에나 가버리세요 고소공포증 때문에 의자를 발로 차지도 못한 게 자랑이라고 불이 들어오는 곳마다 구경꾼이 늘었다 스위치를 딸깍이는 꿈에서 아버지는 헐린 산을 밟거나 바람의 근육을 밟았다

파쿠르를 했어요

달동네는 평수가 작은 옥상이었다 구역의 마디를 놓쳤을 때 허벅지를 맞았다 팽창한 혈관이 터질 지경이었다 성장소설에 나올 법한 일이었다 바람의 아이로 태어나기를 원했다 눈동자와 뼈와 심장이 비어 있는 바람의 아이 바람 안에서 태어나 불투명해지는 순간 죽어버리는 피동사로 달리고 싶었다

눈감지 마

스위치를 올리는 순간 불이 꺼진다 꿈의 단면을 먹어치우는 일 멀리서 아버지가 바람과 성교하는 일 구름 사이로 내가 뛰는 일 달리고 싶으면 넘어지는 법부터 배워야 하는 일

온 힘을 다해 밧줄을 묶는 일 멀어진 저 구역에서 아버지를 밀어버리는 일 저수지로 가는 길목에서 도약하는 바람 운동화 꿈 그리고,

드므개 마을

유채꽃이 한창이다 들숨을 쉬는 꽃과 그보다 질린 얼굴로 나는 첫봄을 맞았다 어린 어머니와 더 어린 여동생은 손가락이 불 때까지 물에 잠겼다 재생되지 못한 지문은 걸음마다 날숨으로 지나갔다 아랫날, 바래길 숲에서 고사리를 먹고 죽은 새끼 짐승을 보았다 구름이 어둠에 젖어 짐승을 가릴 때까지 곁을 지키던 어린 어미는 건넌방에서 늙은 여자의 빈 젖만 빨던 나를 데리러 왔다

비가 오면 고둥을 삶았다 장작은 물기가 많아 불이 쉬이 붙지 않았다 도톰한 이불 밑에서 삶은 고둥과 비 냄새가 섞여드는 밤을 정설로 흘려보내고 깊은 골짝을 찢는 호랑이 울음을 들었다 건넌방에선 저 퇴까이들을 우짤꼬 저 앵구를 우짤꼬 삭은 나무 같은 목소리가 근심스러웠다 자다가 도랑으로 뛰쳐나간 어린 어머니의 어린 여동생이 헛구역질하며 날이 밝고 항아리에 말라버린 바다가 더 많이 담겨오는 그런 마을에서

어미가 날 보고 드므개야, 드므개야 불렀던 건 새끼 고라니가 젖을 막 떼던 때였다

너의 네버랜드

저 집에 철없는 꽃제비가 한겨울 굴뚝으로 드나든대 아이와 더 어린 아이 작은 아이끼리 모여 사는 집에서 죽은 제 새끼를 삶아 먹고 아오지형을 선고받은 피터팬이 산대 어젯밤에도 휘파람이 불었던 저 집에선 성장은 독이래 늙은 아이를 솎아내는 피터팬 사춘기를 막 지난 아이에게 알몸으로 다니라고 했대 요정의 수명이 짧은 이유이기도 하다던데 압록강에서 발견된 요정 무리는 속이 모두 없었대 비워진 내장 대신 꽃송이가 피어 있더래 다가올 크리스마스에 각지로 떠날 신장이 아이스박스에 담겨 있었대 일련의 번호와 바코드가 몸에 새겨지면 누군가의 선물이 될 거래 그럼에도 저 집에는 휘파람 휘파람 피터팬이 이끄는 불멸의 나라에서 덤불로 된 니트를 짜다가 손가락이 잘려도 벽에 걸린 초상화를 봐야 한대 혹여나 소용돌이를 타고 새 터에 자리를 잡아도 피터팬은 네버랜드로 가자 총을 내밀었대 크지 못하는 아이와 더 어린 아이와 작은 아이가 있는 그 겨울로 가자고 캐러멜과 젤리와 들꽃이 들어찬 저 집으로 돌아가자고

탁아소의 쌍생하는 낮잠

태양장에 가둔 정오를 꺼내오렴 따가운 철창 사이로 들어가려면 작은 내가 필요하다 볕에 타버린 얼룩말이 얼룩을 잃어버린 한낮

생장의 숲에서 몇 마디 나무를 베는 일 나이테에서 내가 태어나는 일 인간의 숲에서 종자를 새긴 짐승으로부터 너는 뭘 물려받았니?

쏟아지는 일은 생각보다 흔해서 멍이 들어도 이상할 건 없었다 물구나무선 내가 태양으로부터 버려질 수 있었던 건 군네라가 숨을 멈추지 않았기 때문,

거꾸로 자라는 나무에서 나는 거꾸로 태어났다 발가락을 빨다가 기억을 잃은 짐승을 꺼내기로 한 건 살찌는 오후를 견디기 위함이라는 것

발목이 촘촘한 천장을 오래 바라보았다 서늘한 피부와 하얘지는 내일 그리고 나는 더이상 헤매지 않겠어

그럼에도 잃어버린 정원을 찾자 잠든 새아버지를 지나 선반의 유리를 깨버리자 나무에서 끊임없이 내가 태어났다 라벨을 붙인 병에는 버려진 이름과 태반이 가득했다

얼룩말을 타고 정오를 눈썹에 걸어두었으면 해 갇혀 있던 오후 어느쯤을 해방하고 입양된 그늘을 풀어놓는다

처음부터 다시,

우체통

엄마 기억해? 내 빨간 원피스, 명절 전 장터를 돌아다니며 골라준 그 쨍한 옷 말이야 그날 손금 사이로 녹는 아이스크림이 굉장히 거슬렸어 그래서 나는 명절이 지나도 할머니 집에 왜 남아야 하는지 묻지 않았지 엄마 기분을 이해하거든 아이스크림 막대가 아니라 손바닥에 들러붙는 한줌 바람을 버리고 싶었던 거지 가엾은 엄마

난 잘 지내 비어버린 외양간에서 여물 냄새가 좀 난다는 것만 빼고, 이상한 건 옆집마다 집을 허물어 온 가족이 비닐하우스에서 잠을 자도 내일이면 벽돌을 이만큼씩 올리고 있다는 거야 완성되는 옆집을 볼 때마다 할머니는 물끄러미 나를 쓰다듬었어 왜 저들은 웃고 있을까

그림자가 길어지면 오후가 찢긴 몸을 쉬러 집에 들렀어 그마저도 구석에 있던 들풀거미가 예민한 다리로 햇볕을 살라먹었지 나는 개의치 않았어 빨간 원피스 입고 마을 어귀로 나갔을 뿐이야 태양이 마지막으로 타오르는 중이었어 흔들리는 배경이 온통 붉었어 오도카니 선 내게 마을 사람 몇몇이 망설이는 눈으로 편지를 욱여넣었지

편지봉투에 콩을 넣어 보내는 노인과 손자에게 천 원짜리 몇 장 동봉하는 투박한 발신인이 쌓였어 각자의 감정으로 나는 속이 채워졌지 어떤 날 콩이 그리움의 수만큼 터져 내

안에서 튀어오르면 재채기를 참느라 코를 꾹 눌렀어 중요한 건 담뱃가게 주인은 수신 없는 감정을 자주 부치러 왔다는 거야 빨간 원피스를 잡고 엉엉 울기도 하고 그의 알 수 없는 갈망으로 입안을 채운 날이 많아 그러면 나는 편지를 게워내고 그날의 반쯤 녹은 아이스크림이 먹고 싶어졌어

시골은 저녁이 일러 곧 어둠은 들풀거미처럼 나를 발라먹겠지 그전에 할머니가 이곳으로 와 손을 이끌 거야 깨닫지 못했던 감정을 이해하는 순간이 있잖아 그건 누군가가 나에게 부치지 못한 편지를 썼다는 증거 그렇다면 엄마, 그날 나에게 몇 장의 편지를 쓴 거야? 할머니가 보여 멀리서 가뭇거리는 발짓이 위태로워 어둠은 나보다 먼저 삼킬 것이 많은 듯해 안녕 엄마

로라반정 0.5mg

우울은 지구로부터 나를 당기는 일 엎드리고 싶은 날엔 천장을 오래 보았다 우주를 안느라 저려오는 팔 그 팔을 베고 잠든 어지러운 누나

중력이 없다면 전갈자리 국경선에서 거래를 했을 거야 발음하기 편하게 별자리 위치를 바꿨겠지

선은 직립인 동시에 면이라는 이름을 가졌다 모순된 가락을 나눠 먹느라 저녁을 보내고

겨울에도 반팔만 입는 누나 알약 봉지에서 잠을 자는 누나 굳은 기억을 삼키는 누나 우울을 굴리는 누나

둥글게 몸을 만다 팔을 뻗어 제 등을 쓰다듬는 누나 버틴다는 건 한쪽에서 놓아버린다는 말

돌아오는 버스에서 팔려온 신부가 국적 없는 울음을 울었다 누구의 배설인지 모를 것을 굴리는 쇠똥구리와 닮았다

국경을 허무는 순간이라 말해버릴까

누나를 굴린다 균형을 잃어갈 때 전갈자리 꼬리가 두 개로 보였다

테트리스 적응기

당신은 투렛투렛 웃습니다 고딕을 닮은 구름이 정결합니다 단조로운 비가 내립니다 몇 해 전 잃어버린 큐브 조각이 섞여 있습니다 큐브가 깨지면 말을 반복하는 누나, 문장이 분절되는 이유는 묻지 않겠습니다 다각다각 빗방울이 단단해집니다 구름에 담긴 우울을 폭우의 뼈라 이해하기로 합니다 골목에는 검은 뼈를 드러낸 우산이 발에 차입니다 블록이 쌓입니다 밑바닥에 잠긴 누나가 젠가에 갇힌 하루를 보냅니다 막대기가 된다면 벌칙의 이름은 누나입니다 제 몸을 조립하는 누나에게 밀도 높은 저녁이 쏟아집니다 분리불안을 앓는 레고가 다리에 붙습니다 의족은 땅을 딛는 방법이 서툽니다 누나의 틈을 엿봅니다 퍼즐로 만들어진 병실과 링거는 아래에서 위로 굳어갑니다 여름은 때때로 자리를 잃어버립니다 그러므로 먹구름이 고딕양식으로 완성될 때 퍼즐 조각을 숨겨두어야 합니다 쏟아지는 곳마다 누나의 흉부가 파입니다 벌어진 몸을 초소형의 큐브 조각이 채웁니다 플라스틱으로 만든 밤이 지날 때 달은 허물어지고 당신은 투렛투렛 우는 방법을 터득합니다

조커의 난타적 성향

소나기는 광기를 동반한 서정이다 반복적인 무늬가 환공포증을 유발한다 천장으로 부딪히는 물의 입자가 능숙하다 숙련된 몸짓으로 공기를 찢는 남자가 있다 북소리는 조밀한 공기를 칠 때 파생되는 소리 그러므로 허공이 찢어지는 소리가 들리더라도 뱃속에 죽은 아이가 있더라도 넘어가야 해 공공 화장실에서 태반을 낳았다 집을 잃은 아이는 방황하고 한 뼘의 공간에서 퍼지는 선율이 장엄하다 지하에서 만지는 악기는 태생을 알 수 없다 남자는 조커가 그려진 타투를 했다 싸구려 물감이 그려진 반쪽짜리 몸 절기마다 비가 내리면 주름진 곳이 먼저 아프고 입술과 발뒤꿈치가 말라가는 동안은 어떤 감정으로도 갈증을 해소할 수 없다 불법이라 며칠째 안 꺼냈던 거야 가른 배에서 죽은 아이가 나왔다 집을 찾아주지 못한 채 비가 그친다 위태로운 방식으로 최초의 내일이 당도하고 어제와 오늘 사이의 공백이 치밀하지 못하다 막대를 잡고 두드리는 곳으로 우는 아이와 웃는 아이가 동시에 태어난다

4부

애인이 없어야 애인을 그리워할 수 있었다

평행 세계

소나기가 지난다 당신은 내가 알지 못하는 이름을 나열하는 취미를 가졌다 책 냄새를 달가워하지 않는 벌레가 낡은 책갈피를 덮는다

서점엔 괜찮다가도 괜찮지 않은 책들이 오르내린다 책장은 만들어지고 가구점에선 나무가 제 생을 다하는 중이다

그럼에도 내 자리 한 칸 없다는 사실이 나를 밤으로 내몬다

과일 가게에선 늙은 사과가 굴러다니고 그해 블랙홀은 가운데가 뚫린 모양이라는 기사를 본다 그러면 우리에겐 서로의 심장이 있다가도 사라지곤 했다

나는 사과를 먹다가도 다시 뱉어내고 괜찮다가도 괜찮지 않아질 수 있었다

속성을 반복하는 것이 당신의 이름이라면 우린 자라면서 자라지 않는 측백나무 길을 산책로 삼았을 것이다 내리면서 내리지 않는 비를 맞으며 맨발로 걷다가 발에 밟힌 개미를 죽이면서 죽이지 않았을 것이다

당신이 나열한 이름을 되새기면서 당신을 잊었을 것이고

당신은 다른 사람 손을 잡으면서 떠났을 것이다

아무나씨에게 인사

아무나씨는 절박한 순간에 다정해지곤 했다

바닥에 붙어 걷는 내 오랜 습관과
상처 많은 무릎을 혼내는 일
누르는 만큼 들어가는 모래는 완만한 표정을 가져서
중력의 무게만큼 들어간다

그러면 나는 모르는 사람에게 알은척하고
아는 사람을 모르는 척하는 마음을 설명할 수 있을 텐데
내가 아는 사람과 모르는 사람은 금방 친해질 텐데

손에 손잡고 나를 떠나갈 텐데
아무나씨의 도드라진 등뼈를 만지면 마음이 무거워진다
무거워진 마음은 목도리를 벗게 하고
우리는 함께 겨울 바다에 갇혀야 할 명분을 얻기도 했다

가져본 적 없는 손가락이 환상통을 앓는 밤이면
마디가 아파온다
밤하늘엔 도드라진 행성의 등뼈가 떠 있고
우린 밤하늘을 거대한 동물의 등뼈라 부르며
동물의 이름을 헤아린다

고대의 인류가 되어 서로의 등을 쓰다듬는다

아무나씨는 잘 길들인 짐승처럼 순하고 얇은 몸을 가진다
얇은 아무나씨를 모래성에 쌓는다
차곡차곡 달라붙는 아무나씨

아무려나 아무나씨는 왜 아무나씨인가

바다를 다 쓴다
까진 무릎에 닿는 모래알은 무거운 표정을 짓는다
빽빽한 내 눈을 아무나씨가 매만질 때
단백질이 다 씻겨나간다

안 다쳤니

아무나씨와 나는 아무 사이가 아닌데
우린 애인이 없어야 애인을 그리워할 수 있었다

면접의 진화

시각장애인에게 파란색을 설명해보세요

퇴화된 아가미의 흔적 귓가에 난 작은 구멍은 무슨 용도일까 궁금했다 물속에서 숨쉬는 방법을 찾아낸 게 갈릴레이였나 다윈이었나 낡은 금서의 한 페이지를 찢은 지난 꿈에 죽은 해안가를 걸었다

선천성 이루공은 태아 시절 귓바퀴와 안면 일부가 떨어지면서 생긴 기형 아니었나요?

네, 아닙니다 인류의 조상이 물고기라는 증거라고 모래사장에 널려 있던 건 해파리의 피부 조직이었다 표정을 읽을 수 있어서 뒤집지 않기로 했다

저는 왼쪽에 있습니다

손을 폈다 물갈퀴를 잡았다 신체 구조가 무악어류와 닮았다 셔츠 안에 지느러미를 숨기고 사는 거 다 알아 해부 구조를 들킬까봐 옷을 입은 거잖아 모계에서 이어지는 유전자를 어떻게 설명할 건가요 물비린내 풍기는 손목의 혈관은요?

이게 파란색이라고요

귀에서 터지는 비릿한 액체를 손으로 문질렀다 교인(鮫人)은 귓바퀴가 선명해진다 파도의 능선을 자르면 왜곡된 문양으로 밀물이 깃든다 물의 언어를 체득한다

아가미를 누른다 진액이 나온다 더 깊이 손가락을 넣었다 냄새 좀 맡아보세요 이게 파랑이라니까요 신발을 벗었다 귀 옆 구멍이 뻐끔거렸다

어중간한 종말로 금서를 작성하던 한나절 전생과 진화가 충돌하는 중이었다

기형적으로 순환하는 너와 나의 설원, 그리고 파라다이스 혹은 샴쌍둥이

아뇨, 설원 끝으로 가요
켄과 메리 나무 앞에 세워주세요

초인종이 울린다 투명하고 세속적인 밤이 타닥인다 서력기원부터 쌓인 첫눈이 유리에 가득하다 닿는 건 가져가렴

나는 가만히 젖는다 말린 종이처럼 눅눅해진 나무의 체질처럼

첫눈이 되고 싶어

깍지를 낀다 신기루도감에는 잠들지 않은 순록이 세기를 기다린다 몸을 포개볼까 고매한 책갈피가 될까 서기를 기록할까 세상 끝으로 가면 녹슨 율령을 새긴 내가 물기 없이 말라가겠다

춥진 않니?

초인종이 울린다 망설이다가 어항에 눕는다 물비린내가 난다 어항은 물고기를 믿지 않는다 나는 나를 믿지 않는다

물이 오래 고인다면 젤리가 될지 모르지 말캉한 몸을 가진 켄과 메리는 하나의 길을 찾았을까 통조림으로 저녁을

때우고 그 안에서 잠을 잔다 빈 캔을 뒤집으니 젤리 속에 갇힌 내가 떨어진다

첫눈이 따뜻하면 좋겠어
그리하여 어항이 따뜻하면 좋겠어
금붕어가 따뜻하면 좋겠어

초인종이 울린다 투명하고 세속적인 밤이 시작될 때 나는 나를 찾고 나를 맞이한다 안녕, 위태로운 피부가 깨진다 밤이 말라간다 극지의 오로라가 몸을 펼친다 근사한 지느러미가 결정체로 남는다면

나는 설원의 행성이 되어야겠다 불온한 내가 나를 기다리는 곳에서 빙하의 결말이 첫눈이라는 말, 순록은 결빙된 입김에서 달리고 초인종이 울린다 문을 열자 내가 서 있다

우리의 탯줄과 켄과 메리 나무 아래 두고 온 이름을 생각한다

내 뒷모습은 어땠었나 고갈되지 않은 두 개의 낙원이 팽창한다 낮과 밤이 일시에 요약된다

초인종이 울린다

싱싱한 죽음

편의점에는 가공된 죽음이 진열돼 있다

그러므로 꼬리뼈가 간지럽다면 인체신비전 같은 상품을 사야 한다 자유를 감금당한 참치든 통으로 박제된 과육이든

인스턴트를 먹고 유통기한이 가까운 상상을 한다 여자를 빌려와 글을 쓰고 사상을 팔아 내일을 외상한다 통조림에는 뇌 없는 참치가 헤엄쳤으나

자유는 뼈가 없다

냉장고를 여니 각기 다른 배경이 담겨 있다 골목과 심해 다른 말로 배수구 그리고 과수원 세번째 칸에는 누군가가 쓰다 버린 단어가 절단된 감정으로 얹어져 있다 빌어먹을 허물

싱싱하게 죽어 있는 편의점에는 이름만 바꿔 찍어내는 상품이 가지런하고

형편없는 문장을 구매했다 영수증에는 문단의 역사가 얼마의 값으로 찍혀 있다

페스티벌

축제가 잦다 게스트하우스에서 밤마다 강강수월래를 돈다 시국이 어떤 때인데, 수험생이 소리를 지른다 외국인이 쩔쩔맨다 동네에 생선 굽는 냄새가 난다 아가미가 찢겨 헐값에 사왔어 숨쉬기가 갑갑하다

기후변화에 취약한 종으로 뿔과 같은 긴 엄니는 가치가 큽니다

동물의 왕국에서 일각고래가 빙하를 뚫는다 열이 식은 동네에 취객과 노숙자가 잠을 잔다 맨발로 우는 사람이 있다 읽지 못한 소감문을 중얼거리는 사내가 눈을 비빈다 글을 읽는다 거르지 못한 단어는 계절의 한 부분이 된다

깃발에 적힌 시가 목을 맨다 천이 뒹구는 곳에서 사내는 단두대에 오른다 상을 기다리다가 몸에 비늘이 돋는 다각형의 수상자 어둠에 짙은 눈은 만년설이 되기도 한다

어선을 올리자 사내가 쏟아진다 종이를 문 물고기를 본다 몸에 새긴 낙서가 보인다 수면 위에 뜨는 것이 수식어라는 것을 알아차렸을 때 알을 씹다가 혀를 베인다 그린란드로 떠난 고래는 여름 감기에 걸리고 멜팅된 얼음은 방파제가 된다

뱃속이 꿈틀거린다 늦은 폭죽이 터지는 중이었다

일랑일랑

어린 묘목을 사왔다

8월이 살찌고 햇살이 과수원으로 긴 숨을 불어넣던 날 줄무늬 수박이 계절의 한가운데를 가르면 눈물 많은 복숭아가 먼저 생겨 제 울음을 토해내던 날

1,630마일을 건너 신부를 데려왔다

늙은 삼촌은 새장가를 갔다 데려온 신부는 맨발이었다 뿌리 휑한 신부는 과수원에 자주 들락거렸다 발이 큰 삼촌이 무서웠는지 맨발인 자기 발이 부끄러웠는지

심장이 붉은 토마토가 온점을 찍는 날이 늘어갔다 낯선 곳에서 매미가 울었다 알 수 없는 곳으로 울음이 흘러가고 곳곳에 여름의 문장으로 환한 날이었다

여물지 못한 안부가 이국의 단어로 속살거리는 저녁 어둠은 보이지 않는 곳에서 스며든다 신부는 설익은 잠을 잤다

곪은 자두는 단내가 심했다 복숭아가 낙과하고 으깨진 과육은 개미굴의 낙원이었다 신부는 알이 작은 참외를 곧잘 깎아 먹었다

껍질을 풀어 생애를 더듬는 이국의 당신

우거진 넝쿨에서 포도가 자랐다 한여름 소화되지 못한 응어리가 초록으로 폭발하듯 신부는 막 깨어난 알맹이를 삼켰다 두번째 뿌리를 내릴 곳에 맨발이 닿고 온 마을에 묘목이 옮겨졌다

또다른 지구가 태어나고 있었다

아메데오 모딜리아니 그림을 구기는 오후

여인아 그대로 계세요

보리와 해바라기를 섞은 색으로 스웨터를 칠할 거예요 뒷골목에 사는 사람과 가난한 누드를 선호하지만 고도 난시가 오후를 더 갉아먹기 전에 오늘은 초상화를 그리려고요 목이 긴 당신은 무엇을 갈망하나요 이대로 이정표를 따라가면 길이 보일까요 여인아 허기가 깊어요 그건 굳은 구름이나 곡물 진액에게 자유를 팔 때 오는 자괴감 같은 거죠

어 지금 웃으면 안 돼요

아직 영혼을 그리지 못한걸요 말하자면 눈동자를 찍지 못한 거라고 해두죠 생략은 도드라짐의 유사예요 붓끝으로 시대를 쓰고 싶은 충동을 섞는 당신, 넓은 이마로 우아한 죽음이 지나는군요 흔들리는 시력이 불편합니다 마주한 거울에 선 내가 노란 옷을 입었군요

잠시만요

움직이는 바람에 코가 길어졌군요 보상할 수 있는 재밌는 얘기 하나 덧칠할까요 나중엔 그림을 작게 그리는 거예요 희극이겠죠 사실 삶 자체가 그런 것 아니겠어요 누군가가 그려낸 한 폭짜리 인생 같은 것 말예요 그 끝에서 당신

은 완성될까요 눈동자에 어둠이 짙군요 여인아 방황하기 좋은 오후예요

오후를 펼치는 태양의 책갈피

글을 모르는 당신에게서 편지가 왔다
흙이 핥아주는 방향으로 순한 우표가 붙어 있었다
숨소리가 행간을 바꾸어도
정갈한 여백은 맑아서 읽어낼 수 없었다
문장의 쉼표마다 소나기가 쏟아졌다

태양은 완연하게 여름의 것이었다
고향으로 가는 길에선 계절을 팔았다
설탕 친 옥수수와 사슴이 남긴 산딸기
오디를 바람의 개수대로 담았다
간혹 꾸덕하게 말린 구름을 팔기도 했다
속이 덜 찬 그늘이 늙은호박 곁에 제 몸을 누이면
나만 두고 가버린 당신이 생각났다

찐 옥수수 한 봉지 손에 들었다
입안으로 고이는 단 바람이 평상에 먼저 가 앉았다
늦여름이 혀로 눌어붙고
해바라기와 숨바꼭질을 하던 나는
당신 등에 기대 달콤한 낮잠을 꾸었다

해바라기는 태양을 보지 않고도 키가 자란다
기다리는 마음을 이해하지 못한 채
빈 종이에 스며든 그날의 체온이 기척 없이 접힌다

밀도 높은 당신이 하늘에서 쏟아진다

안녕, 낯선 사람

여긴 여름이야
거긴 어때?

여름을 잘 보내란 말은 이 여름
더이상 만나주지 않겠다는 말
기대를 기대하는 마음과 다가올 계절에게
끝내 다가가고야 마는 감정은
어디서 태어나나요

밤이었어요 신열을 앓는 도시와 더위에 희석된 8월
열대야의 단면에선 약속들이 기척 없이 태어나고
나는 무의미한 약속에 의미를 부여하고야 마는
고약한 성질을 가졌지요

브로콜리 숲엔 죽지 않는 구관조가 산대요
갓 배운 건 말이 아니라 이름이었대요
날기 전에 태어나는 걸 배운 새처럼
손가락이 생기기 전에 먼저 잡은 손금은
쥘 때마다 운명이 바뀌기도 했대요

고가도로에 죽은 새는 누가 치울까
애매해질 바에 그냥 죽어버릴래
미안한데 빈칸 하나 없는 유서를 곧잘 썼거든요

당신을 만날까 했던 빈 마음과
내게만 바쁜 당신의 요일을
손가락 접어가며 헤아려보는 중이었어요

숲에는 초록으로 표백된 새들이
백야를 끊임없이 앓았고요
무해한 얼굴을 가진 나무의 표정을 읽느라
답장을 쓰지 못했어요

우리는 할 수 있는 착한 일을 모두 하고 나서
서로의 이름을 불러주었고
많은 약속이 있었지만 당신은 떠난 뒤였어요
나는 내가 누구인지
깨닫지 못한 순간을 보내고 있었지요

포말하우트의 여름

안개가 안아주는 밤에는 당신의 별자리가 보이지 않는다
가려진 달이 가끔 구름의 테두리에서 벗어난다

안개가 보라색이야
당신이 흩어진다 보라 너머 삼각형자리가 태어난다
달 근처에는 어떤 고리로도 완성되지 않는 토성이 있다
그 아래 고래자리에선
흰 뿔을 가진 외눈박이 인어가 말라간다

생각보다 뭉툭한
당신의 손가락을 보는 일에 밤을 다 써버리고
언젠가 저 손이 꼭 잡고 싶어
죽을 것 같던 시간이 도형에 갇힌다
긍휼에 가까워지는 마음을 길들이며
발음만으로 귀해지는 것에 당신을 오려붙이는 것이다
백열전구에서 한 눈으로 슬퍼하는 인어를 꺼내오는 것이다

아내라고 불러도 될까

한 음절씩 아껴 부르다가 내 안을 모두 내어주게 되는 일
허벅지를 베고 누운 당신의 귀를 넘겨줄 때
어쩐지 심장보다 엄지 쪽 물갈퀴가 아파온다

그림자를 자르다가 실수로 잘라버린 종이 인형이 되어
절뚝이는 당신을 내 궤도로 들이는 일
불구가 된 내 안이 절름거리는 일

아내야 아내야

고리의 파편이 되어 그 이름을 부를 때
당신 아이의 이름을 지어주거나
어느 때도 내 사람인 적 없던 아내를 부르며
안개를 안아보는 것이다

홀로그램 바나나

바나나 위로 떨어진다 노란 걸음이 빼근하다 교차로는 곡선을 그리고 나는 오르내리기를 반복한다

노란 바다를 걷는 신인가 멀리서 보면 물결 모양이겠지 굳이 '바도'를 타야 할까

그냥 멀찍이 살게 해줘 누가 이 노란색 좀 멈춰줘

한 움큼 속을 파낸다 울퉁불퉁한 표지판을 보다가 익숙한 체향을 맡는다 아버지의 짝짝이 고환이 훌쩍거린다 구멍을 파느라 손톱이 엉망이다 흰 살갗에 통증이 가라앉는다 정갈한 의식인 척 이름을 새긴다

싱그러운 아열대기후가 어째서 하얀색으로 도출될까 그건 멀리 보는 연습을 하지 않아서라고

멍든 바나나를 갈던 저녁에 검은 주스를 마셨다 바나나도 아버지도 즐겁지 않았다

빌어먹을, 하루만 줘

질척거리는 발바닥 공기가 만진 바나나가 빠르게 익어간다

그라데이션으로 떠 있는 노란 선이 휘었다 '바지개'를 좇는다 행선지 없는 산책만큼 우울한 게 어디 있을까 밤도 계절도 없이 나는 빙글거린다

부드럽게 발기된 하늘 바닥에 머리를 박는다 물컹한 살이 멍든다 세게 더 세게 박음질에 다른 소리가 난다 분쇄기에 끼인 울음을 뺄 수가 없다

바나나를 으깨자 멍든 아버지가 까맣게 누워 있었다

측별 가능한 마르살라 씨의 불면증

행성을 숨긴다 지속된 불면은 여럿의 무의식과 마주한다 꿈을 도륙하는 일은 은하단의 소유주가 되는 일 자리를 이탈한 밤이 발밑에 쌓인다

행성을 두른 띠는 잠의 파편으로 이루어진다 둘레로 빨려간다는 건 부서지는 것보다 흡수되는 쪽을 택한다는 뜻 견고한 꿈은 경계해야 할 상대가 누군지 알 길이 없다

12°26′0″ 하품을 하니 내가 튀어나왔다 입을 찢으며 허물을 벗었다 입이 찢어지고 머리가 젖기를 반복했다 울어야 하나 망설였던 건 생명의 탄생인지 하품을 하는 동안 죽어가는 것인지 명확하지 않아서다

37°48′0″ 와인병을 비워내고 다리를 집어넣을 것 척추를 구기고 갈비뼈 몇 대 뽑아버릴 것 병 속 육신이 마지막 몸이었으면 좋겠다 박제된 인간의 표본 포르말린 용액을 붓는 딸애의 말간 얼굴

241.64 몇억 광년 떨어진 행성에 나와 닮은 사람이 살고 있다 아버지는 명망 있는 시인, 여린 살을 종이 삼아 책을 쓰는 일에 쾌감을 느낀다 미완의 글자를 빨아먹는 기생충이다

UTC+1 피라미드 어떤 지점에 놓아둔 물체는 생명력을

잃지 않소 구름이나 달을 가져와도 영생할 것이오 와인병과 찢어진 허물을 그곳에 두기로 했소 영원히 행복하세요 아빠

딸애의 방문 앞에서 히득거리는 남편이 있다 발치에 밀려난 꿈이 돌돌 말린다 진열장에는 출판사에서 찍어낸 여러 권의 꿈과 피라미드 모빌이 차근히 꽂혀 있다

밤을 떨어뜨렸다 비명이었다

꿈꾸는 모비딕

갈림길의 동의어는 주름입니다 주름 속에선 어딜 가든 미로입니다 아버지는 바다가 푸르다고 하셨습니다 그것은 새벽하늘과 닮았습니다 같은 숨을 공유하듯 하늘에선 별을 키우고 바다에선 꿈을 키웁니다 그러므로 별과 주름과 바다는 여러 갈래로 찢어진 내 꿈에서만 등장합니다 오직 바다에만 사는 생명체가 있다고 합니다 둥둥 떠다니거나 사라지거나

'섬', 처음 녀석의 이름을 불렀을 때를 기억합니다 그것은 거대한 새와 눈을 마주한 느낌이었습니다 날카로운 촉수로 빨아들일까봐 나는 손을 주머니에 넣고 다녔습니다 아버지는 심해에서 꿈을 잡는 사람이었습니다 집을 오래 비운 이유가 아가미로 호흡하는 법을 터득했기 때문이란 걸 그날 이후 파도를 단숨에 찢어 오대양의 내장으로 들어가는 꿈을 자주 꾸었습니다 하지만 바다의 심장을 채집하는 아버지는 어디에도 없었습니다 '섬'이 아버지의 꿈을 남김없이 빨아먹었기 때문이라 여깁니다 포악한 주름을 가진 녀석은 매일 밤 어떤 갈림길에 들어설지 알지 못할 일입니다

이후로 헤맸던 미로는 짙은 하늘과 거칠게 호흡하는 '섬' 이었습니다 새벽을 넘나드는 녀석은 수많은 어부의 주름 속에서 헤엄쳤습니다

녀석의 목을 잡고 갔던 길의 끝에서 아버지를 만났습니다

발인이 시작되는 목요일이었습니다.

발문

위태롭고 불안한 문장들의 호명*

장옥관(시인)

---

* 김희준 시인의 등단작에 붙인 심사 소감 제목이다.

1

부레옥잠 꽃은 보랏빛 나비를 닮았는데 아침에 피었다가 저녁이면 져버린다. 봄날의 낮잠처럼, 있는가 하면 없고 없다 싶으면 나타나는 "에덴의 호접몽"이다. 내게 김희준 시인은 부레옥잠에 앉았다 날아간 한 마리 나비. 너무나 애달프고 신비로운 존재로 다가온다.

지난해 가을 지리산에서 열린 어떤 문학 행사에서의 일이다. 깊은 산골 마을, 누렇게 익어가는 나락 논 너머로 펼쳐진 공간으로 무연히 눈길 던지고 있을 때였다. 갑자기 어떤 목소리가 들려왔다. "뭘 보고 계세요?" 그랬다. '양 한 마리 그려줘.' 사막에서 고립된 생텍쥐페리가 아침에 눈떠 들었던 목소리가 그랬을까. "노란 앵무"가 내게 말을 걸어온 듯했다. 앵무는 사람의 말로 내게 종알거리며 말을 이었다. 좀전까지 자기가 바라보던 풍경을 보고 계셔서 신기했다고. 자신은 점성술을 믿는 사람이어서 선생님과의 알 수 없는 운명의 끈을 느낀다고. 이 지구별 너머 행성에서의 인연이 분명 있다고. 무슨 말이냐 했더니 그동안 자기는 내게 세 번이나 선택을 당했는데, 결정적으로 등단에까지 그 인연이 뻗쳤다는 거다. 2014년과 2015년, 그리고 2017년의 일이다. 내가 심사를 자주 하는 편이 아니어서, 세 번의 인연은 아닌 게 아니라 특별한 일이 아닐 수 없었다. 첫번째 인연은 경북 고령군에서 개최한 '2014년 이조년문학제 전국한

글시백일장'이었다.

장면을 스케치한다는 건 문구점에서 연필을 슬쩍하는 것만큼 스릴 있다는 얘기지

가령 실직당한 아빠를 공원에서 마주칠 때의 동공이라거나 내가 사실 세탁소 아저씨의 딸이라 말하는 엄마의 성대라거나 길에서 여자에게 뺨을 맞는 오빠를 본다거나 그 여자와 같은 산부인과를 공유하는 언니가 비밀이라며 나에게 5백 원을 쥐여주는 사실을 연필로 그리는 순간들 말이야

둘러앉은 식탁에서 우리는 비어버린 가족과 허기진 소통을 나누어 먹지

그러면 나는 부러진 연필을 깎고 쓰다 만 일기에 동그라미를 그려넣었어 최대한 둥글게 색을 칠하고 완성된 일기를 북북 찢었지 기겁하는 엄마가 소리를 지른다

—엄마 우리는 콩가루야 삼류도 못 돼 바람 부는 날 콩처럼 굴러가버릴 거야 저 밑으로 더 밑으로 새파랗게 어린 년이 말 많다 하지 마 공부는 연필이 알아서 하거든 지금 내가 그린 우리 가족처럼 말이야

연필 밑으로 스케치된 풍경이 어그러지고 나는 연필을 깎고 닳은 연필을 보다가 문구점으로 향하지

오늘은 어떤 순간을 그려볼까 고민하며 연필을 슬쩍하는데 눈이 마주쳤어 그래서 말인데 문구점에서 전화가 와도 그 아줌마를 믿지 않았으면 해

—「연필」 전문

당시 이 작품을 두고 심사진에서 논란이 일었다. 대학교 2학년생이 어떻게 한두 시간 만에 이런 작품을 쓸 수 있을까 하는 거다. "비어버린 가족과 허기진 소통"의 상태에 놓인 가족 서사를 어떻게 이처럼 군더더기 없이 그려낼 수 있을까. 어쩌면 의심의 눈길을 던지는 게 당연한 일일 수도 있다. 하지만 근거 없는 예단으로 특출한 자질의 싹을 자르는 건 옳지 않다는 내 주장이 받아들여져 대상인 문화체육관광부 장관상을 수여하게 되었다. 나중에 읽은 빼어난 수상 소감은 나의 판단이 옳았다는 걸 확인시켜주었다.

두번째 인연은 '2015년 제65회 개천예술제 백일장'에서의 일이다. 이때도 김희준 시인은 「우체통」이란 작품으로 장원을 했다. 군계일학의 빼어난 솜씨여서 두말할 것 없는 최고의 출품작이었다.

엄마 기억해? 내 빨간 원피스, 명절 전 장터를 돌아다니며 골라준 그 쨍한 옷 말이야 그날 손금 사이로 녹는 아이스크림이 굉장히 거슬렸어 그래서 나는 명절이 지나도 할머니 집에 왜 남아야 하는지 묻지 않았지 엄마 기분을 이해하거든 아이스크림 막대가 아니라 손바닥에 들러붙는 한줌 바람을 버리고 싶었던 거지 가엾은 엄마

난 잘 지내 비어버린 외양간에서 여물 냄새가 좀 난다는 것만 빼고, 이상한 건 옆집마다 집을 허물어 온 가족이 비닐하우스에서 잠을 자도 내일이면 벽돌을 이만큼씩 올리고 있다는 거야 완성되는 옆집을 볼 때마다 할머니는 물끄러미 나를 쓰다듬었어 왜 저들은 웃고 있을까

그림자가 길어지면 오후가 찢긴 몸을 쉬러 집에 들렀어 그마저도 구석에 있던 들풀거미가 예민한 다리로 햇볕을 살라먹었지 나는 개의치 않았어 빨간 원피스 입고 마을 어귀로 나갔을 뿐이야 태양이 마지막으로 타오르는 중이었어 흔들리는 배경이 온통 붉었어 오도카니 선 내게 마을 사람 몇몇이 망설이는 눈으로 편지를 욱여넣었지

편지봉투에 콩을 넣어 보내는 노인과 손자에게 천 원짜리 몇 장 동봉하는 투박한 발신인이 쌓였어 각자의 감정으로 나는 속이 채워졌지 어떤 날 콩이 그리움의 수만큼

터져 내 안에서 튀어오르면 재채기를 참느라 코를 꾹 눌렀어 중요한 건 담뱃가게 주인은 수신 없는 감정을 자주 부치러 왔다는 거야 빨간 원피스를 잡고 엉엉 울기도 하고 그의 알 수 없는 갈망으로 입안을 채운 날이 많아 그러면 나는 편지를 게워내고 그날의 반쯤 녹은 아이스크림이 먹고 싶어졌어

시골은 저녁이 일러 곧 어둠은 들풀거미처럼 나를 발라먹겠지 그전에 할머니가 이곳으로 와 손을 이끌 거야 깨닫지 못했던 감정을 이해하는 순간이 있잖아 그건 누군가가 나에게 부치지 못한 편지를 썼다는 증거 그렇다면 엄마, 그날 나에게 몇 장의 편지를 쓴 거야? 할머니가 보여 멀리서 가뭇거리는 발짓이 위태로워 어둠은 나보다 먼저 삼킬 것이 많은 듯해 안녕 엄마

—「우체통」 전문

이 작품이 시간 제약 있는 백일장에서 제출된 것이라면 누가 쉽게 믿을 것인가. '우체통'이라는 시제(詩題)를 "빨간 원피스"로 연결한 남다른 발상, 편지투의 내밀한 어조로 전달하는 서사의 곡진함, 이른 나이에 어른이 되어야 했던 성장통을 긴 호흡의 아름다운 서정으로 빚어낸 작품이다. 대학 시절에 쓴 이 두 편의 시에서 보듯이 김희준 시인의 작품은 발상과 발성의 양면에서 빼어난 점을 드러낸다. 많지 않

은 나이인데도 자신을 포함한 이웃의 삶에 대한 극진한 시선을 지니고 있다는 사실이 놀랍다.

더 결정적인 인연은 '2017년 시인동네 신인문학상 공모'에서였다. 당시 김희준 시인은 「머메이드 구름을 읽어내는 방식」 외 9편을 응모했다. 이 시편들에 대해 함께 심사한 오정국 시인과 나는 "기존의 낡은 은유를 일찌감치 떨쳐버"린, "위태롭고 불안한 문장"에 주목했다. 더불어 남다른 발상과 신선한 목소리, 가벼운 보행의 몽환적이고 동화적인 상상력에 찬탄을 금치 못했다.

지난해 연말, 공적인 일로 엄원태 시인과 진주에 들렀을 때 김희준 시인을 잠시 볼 수 있었다. 그간 두어 번 스치듯 만났지만 본격적인 대화를 나눈 것은 이때가 처음이었다. 그리고 마지막(!)이었다. 김희준 시인은 원래 통영 사람인데 진주에서 대학원을 다니고 있었다. 이른 저녁을 먹고 김희준 시인은 남강 변의 조용하고 세련된 카페로 우리를 이끌었다. 그 자리에서 자기 어머니가 강재남 시인이라 밝혔다. 시에 대한 열정이 누구보다 뜨거웠던 어머니 덕분에 시인에게 "시는 태어나자마자 쥔 손금 같아서, 시를 쓰는 일이 당연"했고, '시란 뭘까'를 고민하는 시간보다 '시가 세상에 왜 있는 걸까'를 더 오래 고민했다고 했다. 아울러 그전해부터 『시인동네』에 연재하고 있는 「행성표류기」의 배경도 얘기했는데, 어릴 때부터 어머니와 옥상에 올라가 자리를 펴놓고 밤마다 별자리를 보아왔기 때문에 자신에게 '천문'은 아주 일상적인 일이었다고 했다.

몇 달 뒤 뜻하지 않던 메시지가 왔다. 유채꽃밭에서 찍은 사진 두어 장과 함께 보내온 "네에~~?? 뭐라고요?? 저도 잘 지내요"란 메시지. 아주 짧은 4초간의 동영상은 뒷모습을 보이며 걸어가는 장면이었다(이제 와서 보니 이게 하나의 계시가 아니었나 싶다). 그리고 지난 7월 24일. 폭우가 한반도의 남부를 덮쳤던 그날. 전화 한 통. 건너건너 내게 전달된 황망한 부음.

하지만 시인은 아직 이 별에 머무는 게 분명하다. 8월 17일 아침에 우연히 펼친 잡지에서 나는 김희준 시인의 유고시를 발견했다. 그러다 문득 든 생각, 그동안 발표한 작품이 꽤 될 텐데 늦지 않게 유고집을 펴내야 하지 않나 하는 생각을 했고, 낸다면 문학동네시인선이 가장 어울리지 않을까 하는 데까지 생각이 미쳤다. 그런데 그날 오후에 김민정 시인이 전화를 해왔다. 김희준 시인의 유고집을 문학동네에서 낼 계획인데 시인의 생일이자 사십구재가 드는 9월 10일에 출판할 계획이라는 거다. 그러면서 내게 발문을 부탁해야겠단 생각이 문득 들었다는 것이다. 김민정 시인이 어떤 사람인가, 곡두를 넘나드는 시집 장인이 아닌가. 그의 손을 거쳐 꾸려진 유고집이 대체 얼마였던가. 영가와 소통하는 그이가 내게 발문을 부탁해온 것이다. 이게 단순한 우연일 것인가.

2

시인으로서 김희준 시인을 이해하기 위해서는 그가 지난 2019년 4월부터 올해 3월까지 『시인동네』에 연재한 「행성표류기」를 펼쳐볼 필요가 있다. 시대 불명, 나이 불명의 우주 여행자인 '나'를 내세워 천문의 별자리에 얽힌 이야기와 신화적이고 동화적인 상상력을 종횡무진 펼쳐놓은 글이다. 개인적 서사를 통해 외로움, 두려움과 같은 서정을 가미하고 있으며, 글쓰기의 본질에 대한 사유도 곁들이고 있다. 이 글이 중요한 것은 김희준 시인의 독특한 상상력이 어떤 배경에서 형성될 수 있었던가를 짚어볼 수 있기 때문이다.

김희준 시인의 시에는 신화와 동화 속의 초현실적 존재가 수시로 출몰한다. 따라서 이 시집의 문고리를 잡기 위해선 「행성표류기」에 나타난 독특한 상상력의 도움이 필요하다. 「행성표류기」에는 SF 장르의 애니메이션 게임과 같은 비현실적인 공간과 사건이 펼쳐지고, "사납고 온순하며 까탈스럽고 표독스럽거나 다정하기도" 한 별들의 이야기가 수놓아져 있다. 낯설고 황당하기까지 한 이 초현실이 어떻게 시인의 상상에서 이음매 없이 하나로 이어질 수 있었을까.

도시의 별은 멸종 위기에 처했다. 유성우를 봤다든가 소원을 빌었다든가 하는 이야기는 식상하다. 그것은 내가 야광 별을 헤아리다 잠든 세대였다고 해석해도 좋겠다. 캄캄한 밤하늘을 선물해준 앞의 세대를 원망하지 않는다. 나 또한 그러할 것이므로.

행성에 관한 이야기를 떠올린 건 아홉 살에 본 그림책이 인상 깊어서다. 기회가 된다면 빼지 않고 달로 갈 작정이다. 내 왼쪽 골반에는 점이 빼곡하다. 엄마는 그걸 은하수라 불러주었다. 자신은 어느 추방당한 별의 지느러미거나 파란 피를 가진 외계인이라는 말을 겨울밤 귤 까먹듯 들려주었다. 내 몸에는 은하가 흐르고 유전자에는 외계가 섞여 있다. 운명론을 맹신하는 집안에서 태어났으니 내가 별을 이야기하는 건 운명인 셈이다.[1)]

시인의 "몸에는 은하가 흐르고 유전자에는 외계가 섞여 있"으니 구체적 형상으로서의 이 현실과 비현실의 경계는 애초에 존재하지 않았던 것. 이 문장에는 어머니 강재남 시인의 그림자가 어른거린다. "비 오는 날 다리가 간지러우면 지느러미가 돋는지 가만히 보라던, 어린 날 괴담 같은 동화를 들려주던 이상하고 아름다운 내 엄마." 어린 희준 시인을 무릎에 누이고 "꽃은 감정을 숨겨두기 적합한 장소"라 일러주었던 엄마. 그래서 어린 시절 시인은 "꽃은 지구의 감정이기도 하"고, "봄에는 벚나무가 만개하고 유채꽃이 화사하

---

1) 김희준, 「행성표류기—우주 미아가 될 당신을 위하여」, 『시인동네』 2019년 4월호, 157쪽.

고, 계절마다 대지가 가진 감정이 뭉게뭉게 색을 입고 피어난다"는 걸 알았다고 한다. 다시 말해 시인이 조숙하게 된 건 집안 내력이었던 셈. 늘 엉뚱한 생각을 하고 "머리에 마인드맵이 굉장히 넓어서 이런저런 생각으로 밤샐 때가 많은"[2] 사람으로 성장하게 된 것이다.

시인은 유년 시절 '천계도감'을 끼고 살았던 이유가 언젠가 은하로 떠날 목적이 있기 때문이라 했다. "유리천장을 오래 보"면서 "북두칠성 손잡이부터 아크투루스를 지나 스피카까지 축축한 선을 그리는 걸 좋아"한 것은 거기에 "그리운 사람을 휘어서 새겨놓"기 위해서였으며, "타인의 꿈을 넘나드는 나비"를, "영험한 행성과 흐릿한 땅에서 발견된다는 오네이로이상제나비"를 떠올리기 위해서였다.[3] 시인의 차원적 사고는 여기에서 비롯된 것일 테다.

다른 한편으로 시인은 "동화가 오역이라는" 것을, "사실상 외계의 번역문학이라고" 어린 시절에 알았다. "탐스러운 머리카락을 가져야 하는 인어가 아가미를 끔벅거리는 반인반어라는" 진실을 깨닫고, "주인공을 도와주는 요정이 신비로운 조력자가 아니라 주름이 가득한 절지동물에 가깝다"

---

2) 강재남·김희준, 「그 많은 죽고 싶은 스무 살은 누가 다 훔쳤을까」, 『바닥』 2019년 봄호, 40, 53쪽; 강재남·김희준, 「실존주의자의 낭만적인 죽음」, 『바닥』 2019년 가을호, 41쪽.

3) 김희준, 「행성표류기—코마의 평원에 머무는 나비를 위하여」, 『시인동네』 2019년 5월호, 158~159쪽.

는 걸 눈치챈 것이다.[4] 그러니 이처럼 '이상하고 아름다운'[5] 시를 쓸 수밖에.

3

김희준 시인이 여기에 남겨둔 것은 산문집 『행성표류기』[6]와 이 유고시집 『언니의 나라에선 누구도 시들지 않기 때문』 두 권이다. 편집된 시집 원고를 들춰본다. "머메이드"와 "제페토" "산타"와 같은 동화의 소재, "다이달로스" "아르케" "요르문간드" "프로크루스테스" "피그말리온"과 같은 신화의 인물, "인디고 비행"이나 "알비노 인간" "마틸다" "네버랜드" "테트리스" 등 탈서정적 코드의 단어들이 즐비해 관습적 독해를 방해한다. 이는 탈현실의 느낌을 던져주는 한편 독자를 신비의 공간으로 몰아감으로써 주관/객관, 현실/초현실, 일상/초월의 경계를 지워버린다.

이 시집은 크게 기억, 현실, 언어의 세 꼭짓점을 가지는 듯하다. 달리 말해 어린 시절에 어른이 되어야 했던 남다른 성

4) 김희준, 「행성표류기—오만한 현자와 거룩한 반인반수의 땅」, 『시인동네』 2019년 6월호, 164쪽.

5) 강재남 시인의 시집 제목이면서 네이버 블로그 이름이다.

6) 한국문화예술위원회의 '2020 아르코청년예술가 지원사업'에 선정돼 출간을 준비중이었다.

장통과 불구적 현실을 초극하기 위한 초현실로의 탐닉, 감정 전달 수단으로서 불완전한 언어에 대한 탐색 정도로 요약할 수 있을 것이다. 시인은 이 세 가지 영토를 기발한 발상과 매직아이의 상상으로, 또한 유려한 리듬과 어조의 풍부함으로 입체적이고 아름다운 세계로 그려낸다.

나는 반인족
안데르센의 공간에서 태어난 거지

오빠는 속눈썹이 가지런했다 컨테이너 박스를 잠그면 매일 같은 책을 집었다 모서리가 닳아 꼭 소가 새끼를 핥은 모양이었다 동화가 백지라는 걸 알았을 땐 목소리를 외운 뒤였다 내 머리칼을 혀로 넘겨주었다는 것도

내 하반신이 인간이라는 문장
너 알고 있으면서 그날의 구름을 오독했던 거야

동화가 달랐다 나는 오빠의 방식이 무서웠다 인어는 풍성한 머릿결이 아니라고 아가미로 숨을 쉬었기에 키스를 못한 거라고 그리하여 비극이라고

네가 하늘을 달린다
팽팽한 바람으로

구름은 구름이 숨쉬는 것의 지문으로 이루어진다는 것, 누워서 구름의 생김새에 대해 생각하다가 노을이 하혈하는 것을 보았다 오빠는 그 시간대 새를 좋아했다 날개가 색을 입잖아, 말하는 얼굴이 오묘한 자국을 냈다

사라지는 건 없어
밤으로 스며드는 것들이 짙어가기 때문일 뿐

오빠에게 오빠의 책을 읽어준다 우리가 읽어냈던 구름을 베개에 넣으니 병실 속 꽃처럼 어울린다 영혼이 자라는 코마의 숲에서 알몸으로 뛰는 오빠는 언제나 입체적이다 책을 태우면서 연기는 헤엄치거나 달리거나 다분히 역동적으로 해석되고

젖은 몸을 말리지 않은 건 구름을 보면 떠오르는 책과 내 사람이 있어서라고

너의 숲에서 중얼거렸어

—「머메이드 구름을 읽어내는 방식」 전문

이 시는 등단작이자 이 시집의 서시 성격을 지닌다. 거칠게 말하면, 자신의 시를 읽어내기 위해서는 반인족의 몽상

이 필요하다는 뜻이겠다. 화자는 "컨테이너 박스"에서의 독서에서 "동화가 백지라는 걸" 눈치챘다고 말한다. "인어는 풍성한 머릿결이 아니라고 아가미로 숨을 쉬었기에 키스를 못한 거"고, "구름은 구름이 숨쉬는 것의 지문으로 이루어진다는 것, 누워서 구름의 생김새에 대해 생각하다가 노을이 하혈하는 것을 보았다"고 고백한다. 그리하여 "모든 책이 은밀해졌을 때" 자신은 "창세기"에서 쫓겨났고, "저 너머를 건너는 거짓말이 길어졌다"(「제페토의 숲」)고 말한다.

일찌감치 세계의 이면을 꿰뚫었던 어린 영혼은 "코마의 숲에서 알몸으로 뛰는 오빠는 언제나 입체적"이란 걸 알았으며, 그러므로 "책을 태우면서 연기는 헤엄치거나 달리거나 다분히 역동적으로 해석"될 수밖에. 그 결과, "누구는 추상적으로 누구는 피상적으로 내 울음을 그렸"으나 나는 "나비와 아버지를 더이상 그릴 수 없었다 그들은 평면적이었으므로"(「인디고 비행」). 그의 시가 역동적이고 중층적으로 읽히는 까닭이 여기에 있다.

한편 세계의 불화에 눈뜬 아이에게 비친 현실은 언제나 불구적이었다.

> 긁는다 사타구니를 벅벅 등을 벅벅 마른 다리에 큰 발을 가진 아버지의 실직을 모른 척한다
>
> 어두운 방 서로의 꼬리를 긁어주다가 내 꼬리는 언제 잘

렸을까 근원을 더듬는 곳에서 파생하는 묵시록 파스를 붙이려 엉덩이 드러낸 아버지를 철썩 때리다가

후레자식이 된다 꼬리를 숨긴 채 하수구로 들어가는 아버지, 아늑한 방 한 칸 쥐가 새끼를 까고 야윈 울음이 모서리마다 생겨날 때 습관적으로 긁는다

쥐뿔도 없잖아요

—「습하다」 부분

널리 알려진 대로 '동물되기'는 저항할 수 없는 현실의 무력감에서 비롯되는 것. "아버지의 실직"은 온 가족을 "사족보행"의 존재로 몰아넣는다. "어두운 방 서로의 꼬리를 긁어주다가" "엉덩이 드러낸 아버지를 철썩 때리"며 나는 "후레자식이 된다". "꼬리를 숨긴 채 하수구로 들어가는 아버지", 그 "아버지를 요약하자면 물먹은 습자지 손바닥만한 햇볕과 그림자처럼 길어지는 하루 캄캄한 곳의 내장"이 된다. 아버지에 대한 극단적인 발언은 이어진다. "네 꼴 좀 봐라 습한 바닥에 붙은 저 꼬리 좀 봐라 마지막 실업 급여를 받고 네 달쯤 지난, 긴 꼬리에 여전히 목을 단, 키우던 햄스터가 제 새끼를 삼킨"다.

이 극한적인 현실의 고통으로부터 벗어날 길은 정녕 없는가.

쓸모없는 내 신체를 나비에게 달아주면 좋겠단 생각으로 종종 무기력해진다. 바닥에 누우면 오래 안겨보지 못한 나를 누군가 안아주는 기분이 든다. 그러면서 파충류의 눈알이 둥둥 떠 있는 위성을 헤아리며 잠에 빠진다. 깜박이는 눈이 일시에 나를 향할 때도 있지만 릴리스의 환각이 빠져나가지 않았던 것이라 짐작한다. 저 눈빛을 온전하게 마주보는 밤에는 환부를 벌리지 않아도 된다.[7]

이 현실을 초극하는 한 방편이 '천문' 세계로의 이행이다. 어둠 속 침잠중에 "숨을 멈추고 나비처럼 날았던 몸짓을 되새긴다." "하늘이라고 여기자 자유를 얻는다." 하지만 과연 "눈과 하늘을 버리고 맑은 어둠으로 가라앉을 마음이 내게 있을"지. "물살을 겹겹이 껴입은 마음을 가질 수 있을까" 의심한다. 의심하는 마음에 깃드는 외로움. "혼자 빛나는 것이 외로울까. 그 곁을 맴도는 별들이 쓸쓸할까" 생각한다.[8] "하지만 감정은 어딘가 묶여 있을 것이라는 생각에 고민이 깊다." 언젠가 "심장에 붙어버릴 외로움이라는 정서적 고질병을 스스로 잘라야 하는 순간이 올 것이다"라고 생각한다.

---

7) 김희준, 「행성표류기—재생되는 낮과 밤, 아스클레피오스의 백사」, 『시인동네』 2019년 8월호, 166쪽.

8) 김희준, 「행성표류기—물병에 갇힌 포말하우트의 이름들」, 『시인동네』 2019년 9월호, 159~162쪽.

그러면서 "아이 씨. 내가 슬퍼지는 건 나의 감정을 잃어버려서이지 절대 세속적인 본능 때문이 아니다. 일단 그렇게 치자"라며 자조한다.[9]

이 고통스러운 현실과 외로움에서 벗어날 수 있는 방도는 "살진 말을 쓰다듬으며 시간을 보"내는 일. 그러나 여기에서 시인은 필연적으로 언어의 불구성과 대면한다. "며칠째 적당한 것을 찾지 못했다. 인간의 이름을 붙여주자니 누추하고 초월적인 이름은 되레 멀어진다. 자연에서 오는 단어는 한계가 있다. 한정적인 어휘를 매만진다" 하고 말한다.[10]

한편 오늘날 서점의 시집 코너엔 "가공된 죽음이 진열돼 있"고, 문단엔 "인스턴트를 먹고 유통기한이 가까운 상상을" 하는 시인과 "여자를 빌려와 글을 쓰고 사상을 팔아 내일을 외상"하는 "뇌 없는 참치가 헤엄"친다. "싱싱하게 죽어 있는 편의점"에서 "형편없는 문장을 구매"하니 "영수증에는 문단의 역사가 얼마의 값으로 찍혀 있다"(「싱싱한 죽음」)고 신랄하게 비판한다. 그렇다면 시인이 꿈꾸는 문장은 무엇일까.

속삭이는 말이 새장에 갇힌다 돌아오지 않는 새와 절뚝

9) 김희준, 「행성표류기—바람개비 은하에 잘린 외로운 도형」, 『시인동네』 2019년 10월호, 168~171쪽.

10) 김희준, 「행성표류기—중력으로부터 해방되는 안드로메다의 사육장」, 『시인동네』 2019년 11월호, 81쪽.

거리는 빗방울을 생각한다

때때로 둥근 것은 언약이 된다

눈을 떠

무지개를 물어온 새가 상징으로 남을 때 스펙트럼으로 번지는 종언은 포도나무가 된다

—「왼쪽으로 가는 므두셀라의 방주, 포도나무 둥지에 숨겨진 노아의 사육제」 부분

언니가 떠난 나라에선 계절의 배를 가른다며? 애비가 누구냐니, 사생하는 문장으로 들어가 봄의 혈색을 가진 나를 만날 거야 떨어지는 비를 타고 소매로 들어간 것이 내 민낯이었는지 알고 싶어

파문된 비의 언어가 언니에게서 나왔다는 걸 알기까지 얼마나 걸릴까?

—「친애하는 언니」 부분

시인은 새장에 갇힌 "예언과 길 잃은 별"을 풀어줌으로써 "무지개를 물어온 새가 상징으로 남"고, 그럴 때 "종언"은 "스펙트럼"으로 번져 "포도나무"가 된다고 말한다. "포도

알"처럼 둥근 것은 하나의 "언약"이 되고 "포도나무 둥지에 숨겨진 노아의 사육제"는 비로소 파멸에서 벗어난다. 성서적 상징으로 꽁꽁 감춰진 시의 전언을 쉽사리 밝혀내긴 어려우나 훼손된 언어의 의미를 짚어본 게 아닌가 짐작된다. 아울러 시인은 "파문된 비의 언어"를 회복하기 위해서는 "실로 재봉된 마음"을 버려야 하며 "사생하는 문장으로 들어가 봄의 혈색을 가진 나를 만"나야 한다고 말한다. 다시 말해 시인이 꿈꿨던 시의 영토는 "언어적 규범에 익숙해진 것이 아니라 언어를 탈피하고"자 하는 것.[11] 그 모색의 결과가 현실과 초현실의 틈을 벌려 자신의 메시지를 전달하는 일이었다. 환상과 몽상으로 수놓아진, 신비롭고 비극적이지만 아름다운 세계, 김희준 시인은 그 무한한 공간과 시간 속으로 우리를 초대한 것이다.

4

비를 좋아하고, 바람을 좋아하고, 기린을 좋아하고, "빨간 우체통과 광대, 코끼리, 표범, 사슴, 그리고 다시 사람과 시를 좋아"했던 김희준 시인. "백양나무와 자작나무, 사슴벌레와 들풀거미, 기하학적인 문장과 그로테스크한 꽃무늬 벽

11) 강재남 · 김희준, 같은 글, 『바닥』 2019년 가을호, 29쪽.

지를 보며 밤새는 시간을 좋아"하던 시인."[12] 그는 자신이 시를 쓰는 이유를 이렇게 말했다. "정의할 수 없는 감정을 추상적으로 혹은 구체적으로 표현해내기 위한 작업이라고 생각해요. 예를 들어 저는 눈물이 많아서 정말 어이없는 이유로도 잘 훌쩍거려요. 그런데 이따금 저도 왜 이렇게 우는지 모를 때가 많아서 이유를 찾으려고 해요. 슬픔이나 외로움, 섭섭함이라고 단정짓기에는 너무 광범위한 감정이라서요. 그보다 더 세밀하고 다양한 울음의 원인을 찾기 위해서. 이해받기 어려운 감정의 영역을 모두에게 설득해주기 위해서 시가 존재하지 않을까 생각해요."[13]

1994년생. 아직 만으로 스물다섯 살. 등단하기 전까지 전국 백일장을 다니면서 장원을 거의 다 쓸었고 문학 부문에서의 상을 합하면 100여 개가 될 정도로 미래가 촉망됐던 청년. 통영시에서 '통영의 딸'이란 이름으로 장학금을 주며 키우던 문학도였다. 그리고 어머니에게는 보호자이고 친구이고 연인이었던 딸.

어머니 엎드려보세요 세상은 내가 껴안을 수 없는 것으로 가득합니다 황금 나무가 꿀을 품고 천장까지 자랄 것입

12) 2014년 이조년문학제 전국한글시백일장 대상 수상 소감.
13) 웹진 시인광장 2020년 4월호. https://blog.naver.com/w_won-ho/221906074248

니다 가지를 타는 흰 뱀은 환생을 꾀하고 거북이는 백사장 가득 알을 낳겠지요 (……) 허울 없는 50번의 생일에서 어머니가 껴안은 것은 무엇입니까 지천명에 다다를 동안 품은 혁명 하나 없다고 우울하십니까 그럴 땐 손을 벌려 바닥에 엎드리세요 손아귀에 힘을 주고 백사장을 안아보세요 수천의 새끼가 알에서 부화하는 중일 겁니다

—「태몽집」 부분

지천명에 달한 어머니의 허무를 달래주기 위해 쓴 시. 그 나이에 "다다를 동안 품은 혁명 하나 없다고 우울"해하지 말고 어머니가 낳은 "수천의 새끼가 알에서 부화하는" 걸 보라고 위로한다.

그가 남긴 '시작 노트'를 읽어본다. "먼저 가버린 이름을 생각한다. 입김은 고체가 되어 동그라미로 떨어진다. 첫눈을 사람으로 태어나게 한다면 그건 너일 거라고. (……) 젖은 이름을 가졌구나, 얼마 불리지 못한 어린 이름을 적는다. 지나가다 널 닮은 사람을 봤어. (……) 네가 없는 세상에서 네 이름을 모래사장에 써두는 일에 금방 하루를 써버리고. 불러줄 이름이 지워지고 있어. 그럼에도 첫눈이 따뜻하면 좋겠어. 바다에 겨울과 봄이 동시에 쏟아지고 있었다."[14] 마치 오늘의 이 상황을 예견이라도 한 듯하다.

14) 시인뉴스 포엠, '생경한 얼굴—김희준 시인', 2018. 12. 21.

나는 이 발문을 김희준 시인이 적은 것이라 여긴다. 예전에 창졸간에 이곳을 떠난 우리 아버지의 말을 어머니가 무당이 쥐여준 대나무 가지 흔들며 전해주었듯이, 나는 김희준 시인이 불러준 것을 받아 적었을 따름이다. 그가 남긴 두 권 분량의 글은 천계의 언어로 되어 있어서 지상에 발붙이고 사는 내가 도저히 읽을 수 없다. 나중에 김희준 시인과 우주의 주파수를 공유하는 이가 나타나 이 미묘하고 섬세한 시의 속잎을 제대로 피워주길 기대한다.

김희준 시인은 "소행성09A87E"로 돌아간 게 틀림없다. 아니다, 그는 아직 이 별에 머물고 있다. 이 시집이 나오는 9월 10일. 자신의 스물여섯번째 생일이자 사십구재가 드는 그날, 시집을 안고 자기 별에 돌아갈 것으로 믿는다. 그러니 우리는 지구별의 언어와 감정으로 김희준 시인을 소환해선 안 된다. 밤하늘에 떠 있는 별을 보면서 그를 떠올려야 한다. 자신의 엄마에게 남긴 마지막 메모처럼, "엄마 나는 좋아, 다 좋아" 하며 짓던 환한 웃음.

마지막으로 한 인터넷 잡지에서 김희준 시인이 한 말을 여기에 덧붙인다. "모든 시인에게 하고 싶은 말이 있어요. 제가 아주 사랑한다고요. 늘 고민하던 말이었는데 마땅한 기회가 없어서 꺼내지 못했거든요. 선생님, 시가 너무 좋아요. 매일 절절 생각해요. 정말 아끼고 사랑해요."[15]

---

15) 웹진 시인광장, 앞의 글.

김희준 1994년 경남 통영에서 태어났다. 경상대 국문과를 졸업하고 동대학원을 다녔다. 2017년 『시인동네』를 통해 등단했다. 2020년 7월 24일 불의의 사고로 영면했다.

문학동네시인선 146
언니의 나라에선 누구도 시들지 않기 때문,

1판 1쇄 2020년 9월 10일
1판 7쇄 2021년 12월 30일

지은이 | 김희준
책임편집 | 김민정
편집 | 유성원 김필균 김동휘 송원경
디자인 | 수류산방(樹流山房) 본문 디자인 | 유현아
마케팅 | 정민호 이숙재 우상욱 정경주
홍보 | 김희숙 함유지 이소정 이미희
제작 | 강신은 김동욱 임현식
제작처 | 영신사

펴낸곳 | (주)문학동네
펴낸이 | 염현숙
출판등록 | 1993년 10월 22일 제406-2003-000045호
주소 | 10881 경기도 파주시 회동길 210
전자우편 | editor@munhak.com
대표전화 | 031) 955-8888 팩스 | 031) 955-8855
문의전화 | 031) 955-3578(마케팅), 031) 955-8865(편집)
문학동네카페 | http://cafe.naver.com/mhdn
북클럽문학동네 | http://bookclubmunhak.com

ISBN 978-89-546-7455-3 03810

* 이 도서의 국립중앙도서관 출판예정도서목록(CIP)은 서지정보유통지원시스템 홈페이지(http://seoji.nl.go.kr)와 국가자료종합목록 구축시스템(http://kolis-net.nl.go.kr)에서 이용하실 수 있습니다.(CIP 제어번호 : CIP2020035674)

www.munhak.com

문학동네